U0001102

熬夜和想你，

我都會戒掉

雲晞 著

▌ 之一

#畢業之後，你還等我嗎

在最荒蕪且徬徨的青春裡，他是我唯一的光，照亮了我的全世界。
我用盡整個青春去愛他，也用盡往後的餘生去遺忘他。

你的身旁，是我到不了的遠方　8

謝謝你，曾贈我一場空歡喜　17

再見了，青春裡的白衣少年　26

時光、白馬和追不上的他　35

你在看南風吹，我在等故人歸　45

感謝你，從我的全世界路過　53

▌ 之二

#你的氣息，是我的依戀

記得我問過他：「為什麼你每天在手機上只跟我說晚安，卻從來沒說過早安？」
他當時是這樣回答我的：「因為每天的早安我都想親口對你說啊，傻瓜。」

天亮之前，再想你最後一次　62

你走吧，我不喜歡你了　70

我弄丟了每天和我說晚安的人　76

你走後，我又一個人愛了好久　85

別告訴她，我還想她　92

對你最深的愛，是手放開　100

▌ 之三
#說著再見，卻一路走，一路掉眼淚

他有自己的路要走，我也要繼續自己腳下的路。
無法相擁的人，要好好道別。

熬夜和想你，我都會戒掉　**110**

聽別人的歌，流自己的淚　**116**

我們相愛過，即使沒結果　**128**

你回來了，可我不再愛了　**134**

後來，我再也學不會主動了　**143**

相愛太短，遺忘太長　**148**

等存夠了失望，我自己走　**157**

🔖 之四
#後來的你，牽著別人的手

彼時我才恍然大悟，原來不是我活成了他喜歡的樣子就能得到他的喜歡。
他喜歡長髮，但長髮的女生那麼多，除了我，還會有別人。

後來的你，與我無關　**168**

我沒忘記，但我放下了　**176**

要不我們就這樣吧　**184**

如果快樂太難，那祝你平安　**192**

握不緊妳的手，是我不對　**199**

你別皺眉，我走便是　**208**

我以為我會記住你很久　**213**

🔖 之五
#愛一個人，可以多溫柔

如果妳當初沒有去找我，我會來找妳的。
有生之年遇見你，也花光了我所有的運氣。

愛一個人，可以多溫柔　**222**

承蒙你出現，讓我喜歡了好多年　**228**

終於等到你，還好我沒放棄　**237**

十年──從制服到婚紗　**246**

胖子的愛情　**256**

謝謝你，給我這二十七公分的愛情　**265**

之

一

畢業之後，你還等我嗎？

♥ 1,920 個讚

書上說，別在十七八歲的年紀喜歡一個人。
因為如果你們沒有走到最後，那這個人將會是你窮盡一生都無法忘卻的人。
很不幸的是，我就在十七八歲的時候遇到了那麼一個人。
而且還用盡了全部的心力去深愛他。
在最荒蕪且徬徨的青春裡，他是我唯一的光，照亮了我的全世界。
我用盡整個青春去愛他，也用盡往後的餘生去遺忘他。

你的身旁，是我到不了的遠方

心若一動，淚便千行。
遇到你，我也總算明白了這句話是什麼意思。

01

「明晚八點，高中同學聚會。到時候我去接妳。」

收到木子的訊息時，我剛從公司出來，正走在回家的路上。

高中同學？聚會？

熟悉又陌生的字眼。

「不了，我明晚還要上班。」走到社區門口，我回覆她。

訊息剛傳送出去，木子的電話就打來了。「妳這丫頭，是不是忙傻了？明天週末，加什麼班？」她問我。

「他也會去吧。」如果他也在，那我就不去了。

「就知道妳會這麼問。他是班長，當然少不了他。」木子在電話那頭停頓了幾秒。「晨晨，妳，還是忘不了他，對不對？」

「沒有！我早忘了。」我反駁她。

早就忘了。

要多勇敢，才能念念不忘。

「妳看看，我都還沒說他是誰呢，妳就說自己忘了。」木子的聲音有些急促。

「木子，我忘不了。」忘不了，你知道嗎？

「忘不了也得忘！晨晨，妳要醒醒了，他已經訂婚了。未婚妻是他大學同學。」

「木子，別說了，求妳別說了。我現在好冷。」

身心都冷。

但房間裡的門窗是緊閉的，外面的風吹不進來。可我還是好冷，冷的雙手在顫抖。全身的血液就像凝固了一樣。

「晨晨，妳沒事吧？要不要我現在過去？」木子的語氣很著急。我知道，她在擔心我。

「沒事，妳知道的，我可是打不死的小強啊。」沒有什麼能壓得垮我。

唯獨他，是個例外。

「木子，明天我會去。到時候妳來我家接我。先這樣，我掛了。」

掛掉木子的電話，我走到窗邊，推開窗門，拉上窗簾，把自己蜷縮在牆角。寒風掠過窗邊，窗簾隨之飛舞。黑暗裡，過往的一切

就像一雙雙無形的魔爪，拽著我跌落至深淵。

讓我在四下無人的寂靜黑夜裡，抱著回憶，獨自沉淪。

02

「顧念晨，妳是不是喜歡我？」大學考試的前一個月，在一堂晚自習下課時，你把我堵在教室外面的走廊上，問我：「妳，是不是喜歡我？」

全班都知道的事情，為何你看不出來？這個問題，誰都可以問。但你不行！你不可以！

你不可以問我這個問題。你知道嗎？陳墨陽。

「快說呀，妳是不是對我那個？」你把手搭在我肩膀上，繼續追問。

「才不是！」拍掉你的手，我回答的很大聲。

「真的？」你靠近我幾分，在我耳邊低聲問。

「當然是真的！」錯過你的視線，我迅速低下頭。

「嗯，我知道了。」你最後看了我一眼，並用手在我腦袋上胡亂揉了幾下。

「顧念晨，妳以後要好好的。好好複習，好好考試。」走出一段距離後，你回頭對著我喊道。

「顧念晨，妳要好好的。」

「要好好的。」

你的聲音，一直在走廊裡迴旋縈繞著。

陳墨陽，若是那時你再回頭一次，就會看到，黑暗的走廊上，對你說了謊話的我，淚水正無聲流淌著。

那天晚上，我躺在床上，翻來覆去睡不著。腦中只有你和我的那幾句對話：

「顧念晨，妳是不是喜歡我？」

「才不是！」

「真的？」

「真的。」

驕傲如你，冷酷無情如我。

03

「顧念晨，陳墨陽是學校重點栽培的學生。他是要考國立大學的人。老師希望妳不要影響到他。」

陳墨陽，你不知道的事情還多著呢。

你不知道我喜歡你。更不知道，在晚自習前，班導師找我談過話。她叫我不要影響你。你是要考國立大學的人，是資優生。而我，僅僅是一個默默喜歡著你，默默無聞的後段班。

資優生和後段班，本就是兩個世界的人。就像我和你，本就是兩條沒有交集的平行線，注定只能遠遠觀望。

你知道嗎？每天早上你趴在課桌上睡覺時，我都會看著你的樣子發呆。早晨的陽光從窗戶灑進來，照射在你的左臉上。

而坐在你左邊，和你隔了一條走道的我，每每看到你孩童般的

睡顏，便會覺得心滿意足。

　　心生歡喜。

　　我多想伸出手，去摸一摸你的臉龐。我甚至還想，變成你枕在手下的那本書。

　　那樣，我就可以貼著你的體溫，數著你的心跳，陪你一起入睡。

　　你就睡在我眼前，近在咫尺。但這咫尺之間，卻遠隔天涯。

　　你的名字，寫滿了我平時上課用的筆記本。你的生日，你的興趣愛好，被珍藏在我最愛的密碼鎖記事本上。

　　這些，你應該都不知道吧。你怎麼可能會知道呢？

　　喜歡你，從來都只是我自己一個人的事而已。這件事，與別人無關。與你，也無關。

#04

　　拿到錄取通知書那天，你打電話給我，約我出去吃飯。

　　剛到約定好的地方，你便迫不及待地告訴我：「顧念晨，告訴妳一個好消息。我有女朋友了！」

　　你深情而溫柔的眼神，是我從未見過的。

　　到了嘴邊的那句「恭喜」被吞咽下腹。我只能假裝聽不見：「什麼？」

　　「我說我有女朋友了！」你的聲音很大，擊碎了我的偽裝。

　　「真好，恭喜啊！那，可以吃飯了嗎？我好餓。」掰開筷子，我胡亂夾了菜塞進嘴裡。往日裡最愛吃的菜，彼時卻味同嚼蠟。

飯後，我們便各自回家。告別前，我問你：「那個，考試前我送你的書，收到了嗎？」

　　考試的前兩天，我送了自己最喜歡的一本書給你。不知你可否有收到，可否有翻過？

　　「書？我不知道啊。家裡的快遞都是我媽收的，我等等回去問問她。」

　　「沒事沒事，沒有就算了。」就當我沒寄過。

　　書裡的那封信，也當我沒寫過。所有的一切，就當沒發生過。

　　看著你走遠，我轉過身，淚流滿面。

　　那些熬夜到凌晨，只為了弄懂一道數學題目，但成績排名還是在倒數最後幾名的日子。那時候，我沒哭。被班導師找去辦公室談話，要我別耽誤你，不要影響你。那時候，我也沒哭。除了你，所有人都知道我喜歡你。那時候，我也沒哭。

　　但看到你滿眼深情，告訴我那個女孩有多優秀，你們多有默契時，我再也忍不住眼裡的淚了。

　　心若一動，淚便千行。

　　遇到你，我也總算明白了這句話是什麼意思。

　　最先下注的人，無論結局如何，是輸是贏，都得接受。很顯然，這場賭注，我輸了。

　　輸到丟盔棄甲。

　　但我是輸給你的，而不是她。輸給你，我心甘情願。

故事的最後，我還是去參加了聚會。

包廂裡，你坐在中間。一副眼鏡，一件白色襯衫，略帶微笑的面容。

只需一眼，我便能認出你來。

幾年未見，你風采不減當年，依舊帥氣，依然彬彬有禮。席間，你對每個人都體貼周到。

自然的，對我也不例外。

「念晨，是吧？這些年，過得還好嗎？」你一邊往酒杯裡倒酒，一邊問我。

這是我第一次聽到你這麼稱呼我。親切，疏遠，又帶著疑問。

才幾年沒見，你就記不得我的名字了。若是時間再往後推移，是不是連我長什麼樣，是誰，你都一併忘了？

原來，這就是我在你心中的份量。

我懂了，一直以來，都是我在自導自演。是我先犯規，先入戲了。

「我很好，你呢？」端起酒杯，我向你致意。

「我也很好。對了，我下個月舉辦婚禮，到時候你可以和大家一起來。」你向我點頭，說道。

「抱歉啊，那時候可能要出差。」我才不會去，不想看到你們幸福的模樣。

聚會還未結束，你中途便要起身告辭。

「聽我唱完一首歌再走吧。」我站起來，擋在你面前。你深深看了我一眼，再看看其他人，然後點頭答應。

六年前，若是我也像現在這般勇敢，你也和此時一樣再等我一下，我和你，我們之間，是否會有另一番不同的結局？

熟悉的旋律響起，你坐在沙發上，視線從始至終都停留在我身上。一秒都沒離開過。

> 從什麼都沒有的地方，到什麼都沒有的地方，
> 我們像什麼事都沒發生一樣。
> ……
> 我也曾經憧憬過，後來沒結果，只能靠一首歌真的在說我，
> 是用那種特別乾啞的喉嚨，唱著淡淡的哀愁；
> 我也曾經做夢過，後來更寂寞，我們能留下的，其實都沒有。
> 原諒我用特別滄桑的喉嚨，假裝我很懷舊，假裝我很痛，
> 其實我真的很懷舊，而且也很痛。
>
> ——〈其實都沒有〉，作詞：楊宗緯

06

我用一首歌的時間，讓你多停留了幾分鐘。

但我知道，歌唱完了，你總要走。我的聲音，留不住你。我的人，更是如此。

你從沙發起身，與眾人一一握手告別。來到我眼前，你卻擁抱

了我:「顧念晨,那本書,其實很早之前我就收到了。但那時候,我已經有女朋友了。」你在我耳畔低聲說道。

「顧念晨,祝妳幸福。」話音剛落,你轉身就走。

麥克風從手中脫落,看著你最後離去的背影。我對自己說:「我不愛你了,甚至希望你能真的幸福。」

當年的那封情書,是寫給你的;現在的情歌是唱歌給你聽的;以前愛過你,也是真的。

現在不想愛你了,也是真的。

聚會結束後,我沒有和他們道別。若不是因為你,我不會來。你走了,我的劇情也該落幕了。

回到家後,我翻出當年的畢業照。那是我和你唯一的一張照片。那身黑白配的制服,也是我和你穿了三年的「情侶裝」。

站在陽臺上,把照片貼著左心房,天上皎潔的月光照亮了眼前的黑暗。可我,卻像迷途的羔羊一樣,找不到歸來時的路。

如果當初我再勇敢一些,你再多問我幾次。那麼一個月後,站在你身旁,挽著你的手,和你一起共度餘生的人,會不會就是我?

當時的你,是最好的你。現在的我,才是最好的我。最好的我們之間,卻隔了一整個青春。無論如何努力,都跨不過去的青春。

所以,只能揮手道別。

你的身旁,太擁擠。沒有我可以駐足的位置。你的身旁,太遠,是我此生無法抵達的遠方。

謝謝你，曾贈我一場空歡喜

五年了，我身邊的人也走走停停，但一直都為他保留著最近的位置。
如今，他要結婚了。那我，也該放手了。

01

「阿意？」

「嗯。」

「那個……」

「嗯？」

「下週日，我要結婚了。」

「然後呢？」

「妳能來嗎？」

「以什麼樣的身分？」

你要結婚了，我該以何種身分出席？朋友？哥兒們？還是暗戀了你五年的人？哪種身分才不會尷尬？何種方式才能讓我們都舒服？

「當然是朋友啊！我們不是說好要當一輩子的朋友嗎？」

「好，我知道了。」

「那我們下週見。」

「好。」

下週見。

那個我默默陪伴了五年的人，如今要走向婚姻的殿堂，與別的女人攜手一生了。那個曾在無數個夜深人靜時陪我喝酒吃燒烤的少年，要結婚了。

我默默喜歡著的人要結婚了，新娘卻不是我。

而我唯一能做的，就是以朋友的名義出席，去見證他人生中最重要的時刻，見證他的幸福。

＃ 02

五年前，我們初識。

那時候，我們都在高中，都是重考生。在那個名為「高四」的重考班裡，我們被安排坐在一起。

在重考的那一年，我們頂著來自家庭、學校、自己，和周圍一切的壓力，互相勉勵，互相進步。

每每撐不下去的時候，他都會這樣鼓勵我：「阿意，撐一下，再一下就好了。」

　　不像教室裡掛在講臺上方的橫條「將來的你一定會感謝現在如此拚命的自己」，也不像各個科任老師的「你們要記住，你們已經重考一年了，你們輸不起了！」

　　只是一句簡單的「撐一下，再一下就好了」。

　　嗯，有你在，我一定會咬牙撐下去的。

　　那一年，我們過的是兩點一線的生活：教室和宿舍。在枯燥單一卻充滿硝煙的重考生活裡，唯一的樂趣就是每個月的最後一天，我們都會放下手中的習題，遠離教室，到操場上聊天。

　　每次我都會問他：「你想好要考哪個學校了嗎？」

　　「S大。」他每次回答這個問題的時候，眼裡都彷彿有星星在閃爍。在漆黑的操場上，襯得他整個人都熠熠生輝。

　　「為什麼想去那裡？」

　　「小雅在那裡。」

　　他笑了。抬頭仰望滿天的繁星。他的笑意裡有風，風裡帶著絲絲的暖意。可惜，這暖意的來源是一個叫小雅的女孩子。

　　「她……是你女朋友？」我小心翼翼地探問他。

　　「嗯，我們已經交往兩年了。」

　　他嘴邊的笑意在一點點放大。看來，他們的感情很好。

　　「那妳呢？阿意。」

　　「我呀，我想考H師範大學。你知道的，我家人一直都希望我當老師。」

我握緊拳頭，任憑指甲陷進手掌心。抬頭看一眼天空，星星正在閃爍著。前幾天連續下著雨，今天難得的好天氣，漫天的繁星都在眨巴著眼睛。

明天的天氣應該也很好吧，畢竟能這樣閒坐下來聊天的機會不多了。

大學考試的那兩天，我們被分到了不同的考場。考試的前天晚上，我收到他的簡訊，只有一句話：阿意，加油！

「我會的，你也要加油。考完後，我們回學校見。」回了簡訊給他後，我突然無比期待我們在學校碰面的那天。

十幾年寒窗苦讀，一朝見分曉。再次進考場時，已然沒有了前一年的緊張與不安。剩下的，只是一顆靜如止水的內心還有期待與他再次相見的激動。

為期兩天的考試，一晃而過。考完英文的那個下午，豔陽高照的天空忽然間黑了臉，轉而飄起了濛濛細雨。

這場雨持續的時間很長，似在訴說著離別的不捨，又似在昭告著這場筵席的散場。

天底下沒有不散的宴席。這場同窗之情，終究要隨著這場細雨而暫停或終止。

03

考完試的第二天，我在學校等了他一天。從早上十點等到下午四點。我左顧右盼，卻始終等不到他。我傳訊息給他，沒回；打電

話給他，手機已經關機了。我去問班上的其他同學，大家都說他沒回學校。

難道是考得不好？不應該呀，他的成績一向很穩定，考S大學是絲毫不成問題的。

考試結束後的兩個月暑假裡，我都沒有見過他。他彷彿人間蒸發了一樣，瞬間消失得無影無蹤。

成績放榜的那天，他也沒有出現。命運有時真的很愛捉弄人。我如願考上了H大。而他，卻考到了G大。

我想打電話跟他說說話，可手機一直顯示的是「您撥打的電話已關機」。

再次接到他的電話，是九月上大學前的一天晚上。

那天晚上十一點，他打電話給我，約我見面。我本來已經準備睡覺了，因為第二天一大早就得早起去坐車。我還是去了，到海邊的時候，他腳邊歪倒著幾個啤酒瓶子。

我坐在他身邊，靜靜地坐著，沒有說話。直到那一刻我才發現，原來喜歡一個人是這樣的感覺：只要他坐在你身邊，即使一句話也沒說。只要能靜靜看著他，也會感到很開心。

「阿意，我和她分手了。結束了，澈底結束了。」他突然轉過身來看著我。

「結束了？」什麼意思？我一時反應不過來。

「嗯，結束了。結束得澈澈底底，沒有挽留的餘地了。」

看著他緊皺的眉頭，我的心就像被什麼東西狠狠撞擊了一下，生疼生疼的。

回去的時候，他一路跌跌撞撞的。我想扶著他，他卻不肯。所以我只能在他身後一步之遙的距離，緊跟著他。

　　到分岔路口的時候，我跟他說：「以後，換我來守護你好不好？」

　　他愣了一下，轉過身來看我。對我說：「阿意，我們只是朋友。」

　　我不知道他說的是真心話還是醉話。但一句「我們只是朋友」，瞬間把我的心扎得鮮血淋漓。是的，他一直都當我是朋友而已。是我一廂情願，是我痴心妄想了。

　　那天晚上回到家後，我失眠了。躺在床上翻來覆去睡不著。他的那句「我們只是朋友」就像魔音一般在我耳邊久久縈繞著。

　　既然如此，那就做個朋友來守護你吧。只要你能好好的，哪怕是陌生人，我也甘之如飴。

04

　　上了大學後，我們一直都有聯繫。有時是我找他，他偶爾也會找我。

　　大三的時候，我們當初重考班的那批同學約好在G市聚會。

　　聚會上，大家都調侃我們，問我和他是不是男女朋友？

　　我攥緊手，在臉上扯出一個得體的笑臉回應他們：「沒有，我們只是朋友。」

　　「不對啊，你們不是在一起很久了嗎？我沒記錯的話，在高中時你們就經常一起進進出出的啦！」

哦，原來大家都以為我們是男女朋友啊！我也想啊，可惜我們只是朋友。

酒過三巡後，大家都紛紛起身告辭離開。班長經過我身邊的時候，停下腳步，俯身在我耳邊對我說：「阿意，看好妳喲！努力一下，希望下次能聽到你們的好消息。」

看著班長遠去的背影，我搖頭苦笑了一下。

回去的時候，我們一起並肩走在馬路上。在等紅綠燈的空隙裡，他突然對我說：「阿意，其實我一直都知道妳的心意。但我現在不想談戀愛。妳別因為我耽誤了自己。」

「不會的，這是我心甘情願等待的。」除了你，我不想再去喜歡別人了。

那一刻，為了他，我把自己低到了塵埃裡。我像一隻飛蛾，為了心中那團忽明忽暗的火苗，甘願朝著光的方向義無反顧地飛奔而去。

「阿意，妳是傻瓜嗎？為了我，這麼做值得嗎？」他問我值不值得？

我不知道值不值得，但除了你，其他的人我都不想要。再說了，能分得清值與不值的愛，還算愛嗎？

他送我上車後就走了。回到學校時，我收到了他的簡訊。看完簡訊裡的內容，我從校門口一路狂奔到寢室。我一邊跑，一邊哈哈大笑。走道上來往的人都在用一種很驚訝的表情看著我。但我沒有多餘的時間去理他們。跑回寢室後，我立刻躲進被窩裡，再次打開手機看他的簡訊。看完後，我搗著嘴在被窩裡傻笑。

他在簡訊裡說：兩年後，如果我對他的心意沒變，而他身邊也沒出現其他人，那我們就在一起。

　　從那天開始，我每天都在心裡祈禱。祈禱他身邊不要出現別人，祈禱這兩年的時間能快點過去。

　　那一年多的時間裡，我們還是像以前一樣相處。我時間空下來了，就去G市找他；他不忙的時候，就打電話給我。

　　大四的時候，他要考研究所。為了日後能與他並肩而行，我也成了考研究所大隊中的一員。我天真地以為只要兩年的時間一過，只要在這段時間裡，他身邊沒有別人出現，那我們就會有一個圓滿的結局。

　　可命運向來善妒，它總是吝嗇賦予人類永恆的平靜。總是把美好的弄成支離破碎的，再命你耗盡餘生去拼補。

　　我守著他的承諾，每天都在倒數著日子，只期望這兩年之約能有個美好的結局。

　　然而，當他牽著別人的手，出現在我面前時，我才意識到：他給的承諾，注定是實現不了。

　　餘生，我都只能以朋友的名義陪伴他了。

05

　　研究所放榜的那天，他打電話給我。他沒有跟我說有沒有考上，而是跟我說了一句對不起。

　　「阿意，對不起。」

「為什麼要跟我道歉？」

「我……有喜歡的人了。」

握著手機的左手在顫抖，我努力平靜著自己的聲音：「那很好啊，恭喜你。」

大四那年，我考上研究所，他承諾給我的兩年之約也提前結束了。

大學畢業後，我開始工作。有一次，他帶女朋友來看我。嗯，他的眼光不錯，對方是個很好的女孩。

他跟我說工作一年後，他們就要結婚了。我記得當初是這樣回他的：「你結婚一定要提前告訴我，我會帶著紅包去參加你們的婚禮的。」

今天，他做到了。他下週就要結婚了，他提前打電話告訴我了。

時間過得真快啊！轉眼間，已是五年的光景了。五年了，他身邊的人來了又走，卻始終沒有我停留的餘地。

五年了，我身邊的人也走走停停，但一直都為他保留著最近的位置。

如今，他要結婚了。那我，也該放手了。

謝謝你曾經在我迷茫到不知所措的時候，鼓勵我撐一下，再撐一下；謝謝你曾經給過我的承諾。

謝謝你，曾經贈予我的一場空歡喜。

再見了，青春裡的白衣少年

十七八歲的年紀，喜歡一個人，恨不得讓全世界都知道。
只是再深的歡喜，都擔不起「愛」這個字。

01

　　書上說，別在十七八歲的年紀喜歡一個人。因為如果你們沒有
走到最後，那這個人將會是你窮盡一生都無法忘卻的人。

　　很不幸的是，我就在十七八歲的時候遇到了那麼一個人。而且
還用盡了全部的心力去深愛他。

　　在最荒蕪且徬徨的青春裡，他是我唯一的光，照亮了我的全世
界。

　　我用盡整個青春去愛他，也用盡往後的餘生去遺忘他。

都說深愛一個人，最好的不過餘生都是他，最壞的莫過於餘生都是回憶。

我還好。至少在前半生，我的青春裡都是他。至少我擁有過，即使這短暫的擁有，要以失去為代價。

失去他，我痛哭過，掙扎過，但我從未後悔過。是的，我不後悔。

我不後悔，因為我深愛過。

02

我最不願提及的往事，是高中三年的校園生活。確切地說，應該是高三最後那一年。

那一年，我十八歲。那一年，我遇到了他。蘇陽，一個驚豔且溫柔了我整個青春的白衣少年。

身為轉學生，在高三這最後一年，我拚了命地學習。我深知父母寄託在自己身上的厚望，更是切身體會到身在全校唯一一個社會組重點班的壓力。

當然，讓我不厭其煩地背書、寫考題、複習又背書、寫考題的最重要一個原因，是我想考上和蘇陽一樣的大學。

是的，我以後想和蘇陽去同一所大學。

我想牽著他的手，一起並肩走在大學校園裡的情侶路上。我想和他一起去吃學生餐廳裡有優惠的情侶套餐。我還想和他一起去教室占位子，一起去圖書館，一起去看電影。

我想和他做很多很多事。所以我要努力，努力讀書，努力考所好學校，努力配上他。

不要小看一個人的決心和努力。有時候，它們真的會讓你更接近自己想要的東西。

就像那時候的我。

為了讓自己的考試成績在排名上更挨近蘇陽的名字，我可以一遍又一遍地背英語單字，一個步驟一個步驟地計算那些複雜的數學題。

「這次進步很多，繼續加油。」他手掌放在我頭頂，胡亂摸了幾下。

看著他轉身離去的背影，白色襯衫在太陽光線下變得透明，散發著淡淡的肥皂香味。

剛剛好的陽光，剛剛好的少年。此情此景，終生難忘。

他不知道的是，為了他的一句肯定，我費了多大的力啊！但能得到他的誇獎，真的好開心，好滿足啊！

所有的堅持，在他淺淺一笑之下，都是值得的。

在男生為數不多的社會組，蘇陽一直都是最受同學和老師歡迎的好學生。他成績優異，為人紳士溫柔，臉上永遠帶著淺淺的微笑。

直到很久之後，我才從他身上讀懂了「陌上人如玉，公子世無雙」這句話的真正含義。

這個我深深喜歡過的少年，擔得起世上最美的讚譽。

03

　　高三最後一學期，因為一次陰差陽錯的機會，我的座位就在蘇陽旁邊。在酷暑難耐的六月，他的鼓勵，他的笑容，他的安慰和幫助，支撐我走完了至關重要的最後階段。

　　每天早上，他趴在課桌上熟睡的側臉，是我開始一天枯燥、焦慮生活的最好安撫劑。

　　他埋頭寫習題時認真的模樣，讓我一掃對前途迷茫的恐懼和擔憂。

　　「下次看題目時再認真一點，這樣的題目，妳不該做錯的。」修長白皙的手指，握著筆，耐心為我的粗心驗證著每一道公式。

　　在單調乏味的高三讀書生涯中，是他，溫柔了那段難熬的歲月。

　　如果沒有他，我也能熬過去。只是會很艱難，很辛苦。

04

　　時間過去太久，我都忘了當初和他告白時的具體情況了。只記得在考試的前幾週，他約我出去吃飯看電影。看完電影後，他送我回家。

　　「蘇陽，你填了哪所學校？」在快到我家門口時，我開口打破沉寂。

　　我很早之前便知道他選填的學校了。只是想聽他親口說說，好

讓自己更堅定些而已。

「妳呢？妳想報哪裡的？」他沒答，反問我。

「我啊，我想去北方。想去看雪！」其實我也填了你報的那所學校，而且是第一志願。

「嗯，聽起來不錯。加油呀，看好妳。」說完，他揮手和我道別。

眼看他越走越遠，背影即將消失在夜色中。「蘇陽！蘇陽！蘇陽！」衝著他的身影，我大聲喊。

「怎麼？捨不得我啊？不早了，早點休息，明天見。」他高高舉起手來，有些低沉的嗓音隨風飄進我耳中。

「蘇陽！蘇陽！我喜歡你啊！蘇陽！」用盡全身力氣喊出反覆練習了無數次的告白，終於能當面說給他聽了。

真好，終於說出來了。

喊完後，不敢等他有什麼反應，我拔腿頭也不回地跑回了家，並一口氣跑上了三樓。

那晚的月亮好像很圓，月明星稀的。但我卻失眠了，一個晚上都睡不著。

第二天去上課，我低著頭走進教室，又低著頭坐在座位上，不敢正眼看他。老師講課，我聽不進去。他就坐在我右手邊，但什麼動作都沒有。我緊張，忐忑，不安。

唉，要是知道會這樣，昨晚說什麼也不對他說那些話了。可是能怎麼辦？覆水難收啊！

「想什麼呢？這麼入神？放學後等我，我有話想和妳說。」一張

紙條，夾在數學課本裡遞到我手上。

當我抬起頭，看到的是他認真聽講的神情和側臉。那麼認真嚴肅，也那般迷人。

他給我的最終答覆，讓我為之不知疲倦地奮鬥了整個學期。即使後來我們沒有在一起，我也依然要感謝他。

謝謝他，讓我成了更好的自己。

05

大學考試的結果，讓我和蘇陽漸行漸遠，最後成了陌生人，曾經彼此熟悉過的陌生人。

他如願去了自己喜歡的大學。而我，以三分之差和他就此錯過，並且永遠沒有再重逢的可能。

離開小鎮去學校的那天，我去送他。

灰濛濛的天，下著淅瀝瀝的雨。我沒有撐傘，不想撐傘。冰涼的雨滴砸落在身上，卻澆不滅心裡燃燒著的最後一絲期望。

「淺淺，冬天的時候記得拍照給我看雪喔。」壓抑了大半個暑假的心情，在他開口的瞬間，轉陰為晴，暖洋洋的。

淺淺，淺淺。同班了一年，鄰桌了一個學期，這是他第一次叫我淺淺。

親暱，溫柔，卻在離別前夕。

我向來不喜歡車站，因為不喜歡告別。無論何時何地，告別都只會是沉重和傷感。更何況，此去一別，歸期不定。

月臺一別，蘇陽如願留在南方。我呢，一語成讖，去了北方。

十七八歲的年紀，喜歡一個人，恨不得讓全世界都知道。只是再深的歡喜，都擔不起「愛」這個字。不敢說愛，只能說喜歡。很喜歡很喜歡，深深的喜歡。

06

大學四年，我和蘇陽沒有因距離而疏遠。一週一次的視訊和電話，讓我們走得更近。

我也曾一度以為，我們又回到了高三那時候，可以互相推心置腹，無話不談。

多可笑啊，放棄了卻放不下，依然固執地為他留守著心裡最深的位置。期望他回頭，等待他轉身。

直至有一天，他打電話告訴我：「淺淺，和妳分享一個好消息，我有女朋友了。」

堅持了幾年的癡夢，在那一刻，土崩瓦解。心，碎了一地，深深淺淺，生疼生疼。

淺淺，淺淺。淺夢幾回，故人遠去。

「啊，那，那很好啊。祝福你啊，蘇陽。」祝福你啊，遠方的故人。

自那之後，蘇陽和我之間的問題，漸漸成了：女生通常喜歡什麼禮物？為何會無緣無故生氣？什麼節日，該送什麼禮物？

無形中，我成了蘇陽的幕後軍師。幫他哄女朋友，幫他出主

意。

　　以前，不敢輕易說愛。如今，他身邊有了別人，更不能說了。
多可悲啊，曾經，他短暫地屬於我。而往後，他將長久地屬於別
人。

　　擁有與失去，也不過朝夕之間。

07

　　「等我們考上同一所學校，就在一起吧。」

　　「我也喜歡妳很久了。」

　　多年前的那個夏天，蟬鳴喧鬧的柳樹旁，身著白色襯衫的少
年，揉著我的髮頂，輕聲告訴我：「我也喜歡妳很久了。」

　　剛剛好的陽光，剛剛好的少年，身上散發著淡淡的肥皂香味。
白色襯衫的衣角在微風的輕撫下隨柳絮翩翩起舞。

　　此情此景，餘生難忘。

　　「蘇陽，把我刪了吧。不然我總忍不住想找你。」打下這行字，
淚水模糊了視線。

　　窗外不知何時飄起了大雪，漫天飛雪，傾了滿地的白。把高中
的畢業照放回抽屜的最底層，抹去眼角的淚，沉沉睡去。

　　蘇陽，最深沉的愛，莫過於失去你之後，我將自己活成了你的
樣子。直到今天，再聽到你的消息，為你活得越來越精彩而萬分開
心。

聽聞你過得幸福，我很快樂。雖然在離開你之後，我的世界從此荒蕪蕭條，澈底變成了灰色。

　　這一次，真的要說再見了，驚豔了我整個青春時期的白衣少年。

時光、白馬和追不上的他

事隔經年,他不再是那個意氣風發的白衣少年。
而我,也不再是那個為了一個人
可以堅持拚命到感動自己的青春少女了。

01

　　梅子經常調侃我,說我是一個沒有青春的人。

　　除了讀書就是讀書,除了聽話還是聽話。沒有離家出走的叛逆;沒有一場轟轟烈烈、郎情妾意,最後卻分道揚鑣、形同陌路的愛戀;沒有青春期裡那些該有的懵懂和天真。

　　總之,妳就像是一個沒有青春的人。妳的青春,循規蹈矩、千篇一律、平淡無奇。

　　這些話,梅子時常對我說。

是啊，我就是這麼一個平凡又普通的人。在本該青春洋溢的年紀裡，選擇了默默無聞。

言言，一路走來，妳都沒遇到過什麼坎坷。唯獨大學考試，是一個意外。

這句話，梅子也常說。所有人，都會這樣說。

言言，大學考試，於妳而言，是一場意外。

其實不是這樣的。他們說錯了。

大學考試對我而言，意義非凡。它不是一場意外。意外的是，在為期四年的高中生活裡，遇到的那個人。

遇到的那個人，才是我這前半生的青春期中，唯一的意外。

02

「顧西時，如果我重考，你會等我嗎？」

「會的，我會在大學等妳。等妳來我的大學，等妳來陪我一起去看遍學校的每一處風景，走遍學校的每個角落。」

「那你在大學乖乖等我，好嗎？」

只要一年，我就能去到你的身旁，挽著你的手，和你一起在大學的操場上散步；和你一起去圖書館看喜歡的書；和你一起參加那些社團……

「再等我一年，好嗎？」

「嗯，好。我等妳。」

「我等妳」這三個字，是我知道自己大學考試失敗後，聽到的

最好的安慰。

　　這三個字，勝過那些蒼白無力的寬慰，勝過一切。這三個字，支撐著我走過了重考生活中一個又一個難熬的夜晚。這三個字，在無形中給了我力量與希望。彷彿只要我努力，我就能向自己喜歡的人靠攏。只要我再撐一下，我就可以站在他身邊，與他並肩。

　　「顧西時，你說好要等我的。那你在大學裡，先不要靠近別的女生，也不要讓她們靠近你。好嗎？」

　　你那麼優秀，那麼耀眼，我怕她們會把你搶走。我更怕，你會忘了我。

　　「妳腦袋裡，整天在想些什麼呢？」他彈了一下我的額頭，然後無奈地笑了。「放心吧，不會的。答應過妳的事情，我不會忘記的。」

　　在我們一起走了無數遍的學校走廊上，顧西時牽著我的手，對我說了很長很長的話。

　　「言言，妳安心重考。以妳的成績，只要再努力一下，明年的這個時候，一定會成功的。我相信妳。我會在大學等妳。」

　　「如果我撐不下去了，想放棄了，怎麼辦？」我把他的手，覆在我的掌心上。

　　他的手很白，很長。

　　這雙手，幫我解過數學題目；幫我在寒冷的冬夜裡裝過熱水；幫我帶過早餐；也曾在我傷心難過時，撫摸過我的頭，為我拭去眼角的淚。

　　我多想，這雙溫暖的手能永遠牽著我，陪我走完餘生。

「撐不下去的時候就再撐一下下，一下下就好了。」

「我會等妳的，言言。」

在學校操場轉角處的小路上，那個我深深喜歡著的人，那個全身散發著光芒的人，拉著我來回走了一遍又一遍。

那天晚上，天空中繁星滿布。但它們所匯聚起來的光，都比不上站在我面前的人眼睛裡散發出的光芒來得更閃亮、迷人。

海底月是天上月，眼前人是心上人。

看著眼前這個眼神滿是溫柔的人，我第一次體會到了這句話的美妙。

直到很久很久之後，那天晚上的天空，那天晚上的顧西時，那天晚上顧西時對我說過的話，給過的承諾，與那天晚上有關的一切，在很久之後的後來，我都深深記著。

從不曾忘記過。

03

為期一年準備重考的時間裡，我像所有要參加大學考試的學生一樣。每天兩點一線的生活，每天都有做不完的試題，背不完的重點。

每天都很忙，但我卻覺得很充實，很開心。因為我喜歡的人，他在我嚮往的大學等著我。

我喜歡的人那麼優秀，我不能自暴自棄。為了能勇敢地站在他身邊，擁抱他，再苦再累，我都心甘情願。

準備重考的一年裡，學校的公共電話亭，是每週末晚上，我和顧西時聯繫的唯一方式。

每個週日的晚上七點，我們都會通電話。他會和我說自己在大學裡的一些趣事，講他選了什麼課，參加了哪些社團。

講完之後，他會問我複習的如何，有不懂的地方可以告訴他，他會幫我解決。

短短一個小時的通話時間，我自然不會和他講那些不會的題目。能聽到他的聲音，聽聽他說自己的一些事情，已然是再幸福不過的事情了。

「顧西時，你會不會瞞著我，偷偷喜歡別人？」每次要掛電話之前，我都會這樣問他。

我不是不放心他，我是對自己沒信心。

我喜歡的人，光芒萬丈。而我，不過是茫茫人海中極其普通的平凡人而已。

「傻丫頭，妳整天在想什麼呢？我說過不會就不會的。妳要好好念書，照顧好自己。」

「我等妳來，言言。」他一直在電話那頭重複著這句話：「言言，我等妳來。」

「好，我會努力的，顧西時。」我一定會努力的，因為你在等我。

一年的時間，轉瞬即逝。

當我再次獨自一人走進考場，已經沒有了一年前的那種緊張與

壓抑。

在答題的時候，我的手沒有抖，手心也沒有出汗。直到考完最後一科，我都表現得很平靜，很淡定。

但左腳跨出考場的那一瞬間，我卻酸了鼻子，紅了眼眶。

看著身邊來來往往的人群，看著那些在互訴離別的人。我默默走出了考場一段距離，然後靠在牆上，放任自己大聲哭泣著。

一年前，考完的時候我沒有哭；知道自己失敗的時候，我沒有哭；送顧西時去火車站，看著火車啟動，從我眼前一點點消失在鐵軌的盡頭的時候，我也沒有哭。

但這一次，我落淚了。

我是參加過兩次大學考試的人。第一次，緊張到答案卡塗錯格。第二次，卻意外的平靜。但平靜過後，心中卻像少了什麼東西一樣，有種說不出的失落與難受。

或許是因為，這是最後一次了吧。無論成功與否，我都不想再來一次了。

若不是顧西時，恐怕連這最後一次，我都無法撐下去。

＃ 04

在等放榜的那段時間，顧西時帶我去他所在的大學逛了一圈。

一年沒見，他變了很多，膚色變黑了一些，身高又高了一點；但似乎又沒什麼變化，說話的聲音，依舊好聽，眼神，依然溫柔，身上穿的，還是我最愛的白襯衫。

他沒有問我考得如何，只是帶我去了學校的很多地方：圖書館、教學大樓，還有學校附近的電影院和一些小商店。

我在學校附近的旅館住了三天。離開的那天晚上，顧西時帶我去見了一個人。

如果那天晚上我沒有和他一起去見他口中那個所謂的「重要的人」，如果那個「重要的人」不是一個女生，如果那個女生沒有多了那層身分。或許，離開的那天，我就不會拒絕顧西時的陪送。或許，我還會瞞著所有人，喜歡他很久很久。

「言言，這是小初，我女朋友。」

「小初，這是言言，我常和妳提起的，最好的朋友。」

學校街邊的小吃店裡，顧西時拉過那個女生的手，先看看她，再看看我。他看她的眼神，是我從來沒見過的溫柔與寵溺。

原來，我喜歡的人，真的可以如此溫柔。只是，他的溫柔，從不曾屬於我。

哪怕一分一秒，都不曾有過。

「那個，顧西時，我突然想起來我家裡還有些事要忙，我想現在就訂票回去好了。」

如此拙劣的藉口，我卻說的通暢自如。而他，那個站在我眼前，卻對著別人微笑的顧西時，卻聽不出來我在說謊。

「那我送妳去車站？」他轉過身去和她解釋，徒留我一人愣在原地。

走也不是，留也不是。

「不用了，我自己可以的。你好好陪小初吧。很高興認識妳，

我叫陳慕言。」我微笑面對她。

「妳好，和阿時一樣喊我小初就好。很高興認識妳，經常聽阿時提起妳。妳很勇敢哦。」她看了顧西時一眼，眼睛裡的愛意，遮都遮不住。

原來啊，喜歡一個人，就算捂住了嘴巴，還是會從眼睛裡跑出來的。

05

當天晚上，九點多的時候，我坐了最後一班火車回家。

顧西時沒有去送我。

他原本想送的，但我拒絕了。

火車啟程的時候，我傳了一則很長很長的訊息給他：

顧西時，原來是我會錯意了。原來，在你看來，我們只是普通的好朋友而已。可是你曾經說過的那些話，又算什麼呢？不是說好要等我的嗎？怎麼才一年的時間，所有的承諾，都煙消雲散了呢？

怎麼我們之間所有的一切，都沒有了呢？就好像，我們從來就不曾相遇過，也不曾彼此傾心過一樣。

曾經，你給過的快樂，現在都陪著我傷心難過。

顧西時，你知道嗎？

我害怕的不是在重考的日子裡，那些壓力大到整宿失眠的夜晚。我也不怕前路荊棘載道，望不到盡頭。

我怕的是，曾經說過要等我的人，卻在下一秒轉身的時間裡，便棄我而去，擁抱了別人。

我怕的是，自己藏在心尖上，喜歡了那麼久的人，說出那一句「我們只是朋友」。

顧西時，我真的很喜歡很喜歡過你。但所有的喜歡，都不及你給的傷害讓我更絕望。

我是一個很倔強的人。

所以啊，那些真心的喜歡，也只能到這裡了。

也只有這麼多了。

06

梅子常說我是一個沒有青春的人。

其實不是的。

那些在青春期裡該發生過的事情，我也曾經擁有過。那些愛而不得的人，我也曾用力愛過。

如今事隔經年，他不再是那個意氣風發的白衣少年。而我，也不再是那個為了一個人可以堅持拚命到感動自己的青春少女了。

時光荏苒，流年變遷，我們都長大了。那些曾經以為會記掛一輩子的人與事，也早已隨時間的流逝而漸漸淡忘了。

只是，那些流過血的傷口，卻怎麼都恢復不到最初的樣子了。

時間確實是良藥，可卻只能治癒皮外傷。傷口雖已結痂，但傷疤卻永存。

在每個四下無人的寂靜黑夜，我都會把過往的記憶燒成烈酒，和著那些無法忘記的曾經，一飲而盡。

最後殘留在嘴角的酒滴，滴滴砸落在傷口上，一深一淺，隱隱作痛。

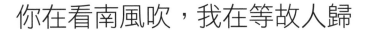

你在看南風吹，我在等故人歸

偶爾我們就像黃昏與黎明，在某些時刻是那般相似，
但中間卻隔了一整個黑夜。

01

「許了什麼願望？」

蛋糕上的蠟燭被悉數吹滅後，媽媽走近我身邊。她左手搭在我肩膀上，右手伸到我耳邊，把垂落在我臉邊的幾縷散髮別到耳後。

「希望他能回來。」我彎腰拔去蛋糕上已熄滅的蠟燭。

我希望他能回來，這是我二十七歲的生日願望。我在等他回來，這是我二十七年的人生中最漫長的等待。

媽媽在原地愣了幾分鐘，然後走到沙發上坐下。她的雙手在褲

子上來回摩擦，欲言又止的樣子，像是一個想向家長要糖，卻不知道該如何開口的孩子。

「您想問我值不值得，是不是？」我把切好的蛋糕放在她手上，自己也吃了一口。嗯，果然還是媽媽自己做的蛋糕好吃。雖然比不上外面買的那麼好看。

「媽媽，其實我也不知道值不值得。但喜歡一個人，愛一個人，如果要用『是否值得』這幾個字來衡量，那還算是愛嗎？」

只有愛與不愛，沒有值不值得。

「可是他已經離開了那麼久了，妳也老大不小了。媽媽只是希望妳能……」

她放下手中的蛋糕，抬頭與我對視。「沐沐，你知道的，媽媽只是希望妳能早日把他放下，然後試著去接受別人。」

放下？早已烙在心上、融入骨血的人，怎能說放下就放下。

「我知道，放心吧。再給我一些時間，我會放下的。」

再給我一些時間，也給時間一些時間。或許就真的能淡忘了吧。

時間是治癒傷口的良藥。傷口再深，終究都有結痂的那天。只是結痂癒合後留下的傷疤，該如何去淡化？

「沐沐，如果妳真的想等。那媽媽陪妳一起吧！」

媽媽攬過我的肩膀，她的手在我腦袋上輕輕揉著。她的淚，像斷了線的珠子一般，一顆一顆砸在我的心房。

滾燙的淚水把我的心臟灼的生疼生疼。原來在我折磨自己的同時，也是在折磨她。在我把刀子扎在自己心頭時，也是把鋒刃對準

了她的胸口。刀子在我身上深深淺淺地刮著，傷口留在我身上，但自傷口裡流出來的血，卻滴在了媽媽身上。

「媽媽，我不想等。可是除了他，我再也無法愛上別人了。」

他走了，風停了，故事結束了，我也不會再愛了。

「那妳就等吧，媽媽陪妳一起等。」她握著我的手。

「媽媽是在心疼妳，妳知道嗎？傻孩子。媽媽把妳捧在手心呵護了二十幾年，從來不捨得讓妳受委屈。但妳卻為了他，為了那個狠心拋下妳的人，百般折磨自己。他憑什麼啊！」

憑我愛他。因為愛他，所以在他面前，我就是一個渾身赤裸的人。我的優點、缺點全都在他面前一一顯露，毫無保留。

因為愛他，所以就給了他傷害我的權利。我把自己的赤誠之心捧到他眼前，但他卻把槍口對準了我的心房，並狠狠開了一槍。

他走的瀟灑，走的決絕。徒留我一人困在原地，畫地為牢。

他走了三年，我就在那暗無天日的牢籠裡，痴痴守候了三年。

我知道只要我把牢籠打開，只要我走出去，外面會是豔陽高照、晴空一片。但烈日再灼熱，沒有了他，於我而言，依舊是冰天雪地。

只有他在，我的世界才有陽光與溫暖。

02

「沐沐，我喜歡妳很久了，妳可以做我女朋友嗎？」

三年前那個夏天的夜晚，那個叫顧桓的男生，站在女生宿舍的

樓下，手裡捧著一束滿天星，對我大聲告白。

　　我剛睡醒，就被室友從寢室拖下去。衣服來不及換，頭髮來不及梳，就踩著拖鞋一路自六樓飛奔而下。連電梯都忘了坐。

　　當我氣喘吁吁地站在顧桓面前時，周圍傳來一陣笑聲。我知道她們都是在笑我：睡衣、雞窩頭、拖鞋，要多傷眼睛就有多傷眼睛。

　　如果時光能倒流，若是知道他會來告白，我一定不會那麼早睡。就算是被室友搖醒了，也一定要好好打扮再下樓去。

　　如果我當時穿著打扮得體，會不會在離開多年以後，他還能想起曾經站在他面前、接受他表白的那個我，也曾那般光彩照人過？

　　「沐沐，給我一個照顧妳的機會，好嗎？」他把手裡的滿天星舉到我眼前，然後要單膝下跪。

　　「哎，等等。那個，你喜歡我什麼？喜歡我哪一點？」

　　這是我們在一起兩年的時間裡，我第一次開口問他這個問題。

　　我們從大一認識，到現在已經兩年了。這兩年來，我們都知道彼此的心意，但從來沒表明過。

　　在身邊的朋友看來，我們已經是情侶、戀人的關係了。只有我們自己知道，我們從未向對方提過這方面的問題。

　　即使我們都彼此喜歡著。

　　「我喜歡妳微笑時臉上露出的小酒窩；喜歡妳長髮及腰、穿長裙子時的樣子；喜歡妳認真聽課，認真記筆記的樣子；喜歡妳吃飯時喜歡把嘴巴塞滿的樣子。」

　　「沐沐，妳所有的樣子我都喜歡。我喜歡妳的一切，妳願意給我一個機會嗎？」

周圍很安靜，沒有此起彼伏的起鬨聲，似乎連樹上夏蟬鳴叫的聲音都暫停了。大家都在屏息靜待我的回答。

顧桓就站在我眼前。

他身上穿著我喜歡的白襯衫；他的臉龐上有我喜歡的陽光帥氣；他的眼睛裡帶著笑意，笑意裡透著暖。

他身上所有的一切，都剛好是我喜歡的樣子。

「我願意。」

我深深愛慕了兩年的顧桓，我喜歡的少年，我願意。願意給你一個機會，也給自己一個機會。

那天晚上，顧桓抱著我在女生宿舍樓下，原地轉了三圈。最終是舍監阿姨出來，他才依依不捨地離開。

我抱著他送的滿天星，一路傻笑著爬上六樓。回到寢室才發現，室友好像還沒上來，而我，又一次忘了坐電梯。

我向來討厭夏天。聒噪的蟬聲、煩人的蚊子、炎熱的天氣……這些都是不為我所喜愛的。但三年前的那個夏天，因著顧桓的表白。我竟無比興奮激動，無比開心。

以至於他走後的許多年，每到夏天，我都會回去學校，一個人把那些我們曾經攜手走過的地方，再重新走一遍。

學校附近的小吃街；宿舍大樓東邊的情侶路；操場的草坪與跑道；圖書館靠窗的位置……這些地方，我們都去過。

記得他當初還說：「等畢業後，我們要常常回學校看看。把那些吃過的東西，再吃一次；把那些去過的地方，再走一遍。」

如今事隔經年，我們分分合合，最終沒能走到最後。

我是回來了。可是說好要陪我一起回來的人，卻不知身處何方。

03

我們在一起的很自然，分開的也很自然。

他的一句「我累了，不想再這樣下去了」就結束了我們四年的感情。

是不是很多感情都會這樣：分久必合，合久必分？

我不知道其他人會不會，但我和顧桓，我們之間就是這樣分開的。

我們沒有誰對不起誰，但就是那樣散了。

他走的那天晚上，外面正下著傾盆大雨。

他只帶了幾件衣服，其他的都留給我。他叮嚀我以後要記得替陽臺的多肉植物澆水；下雨天要記得關窗戶；櫃子裡要隨時備著乾糧，以備不時之需；燈泡壞了得學會自己換，他以後不會再幫我了。

我走了，妳要好好照顧自己。一個人，也要好好的，要按時吃飯。

這是他臨走前，我們之間的最後一句對白。

其實只有他自己在說，我什麼都聽不見，什麼都不想聽。

是窗外的雨聲太大了？還是他說話的聲音太小了？我不知道，也不想知道。

當門被關上的那一刻，我的眼淚如決堤的洪水般，和著外面的

傾盆大雨，洶湧而下。

我從冰冷的地板上爬到窗邊，看著他的背影逐漸消失在雨夜裡。

不，我不能失去他。我不能失去這個我用盡全力去深愛的人！

去吧，去挽回他，去留下他！

我耳邊一直有聲音在盤旋著。心裡的小人叫我去追回他，去挽留他。

可是當我跑下樓的時候，顧桓已經走遠了。他已經不見了。再也回不來了。我披散著頭髮，光著腳，在大雨中望著顧桓離開的方向，站了很長時間。

大雨能把骯髒的地表沖刷乾淨，能讓乾涸的土地重獲新生，卻沒能幫我留下我的愛人，也沒能沖淡我心頭對他的怨恨。

是的，我怨他恨他。

當初說好要陪我一輩子的，怎麼就突然轉身離去了呢？一輩子還那麼長，沒有你，我該怎麼辦？不是說好要攜手相伴到老的嗎？怎麼就突然鬆手了呢？

怎麼就散了呢？就好像從來沒愛過一樣。

04

葉子曾經問我：「你們之間的愛情，是什麼樣子的。」

那時候的我，找不到可以形容的話語，只回答她說：「就是那樣啊，愛情該有的樣子吧。」

時至今日，我才恍然大悟，我們之間的感情，並不像愛情該有的樣子。

　　偶爾我們就像黃昏與黎明，在某些時刻是那般相似，但中間卻隔了一整個黑夜。看不見光，沒有盡頭的黑夜。

　　「那你還要繼續等嗎？」葉子問我。

　　「我不知道，或許等著等著就忘了吧。」

　　等著等著就忘了，愛著愛著就不愛了吧。

　　就像每年的南風都依舊，但我要等的故人，卻遙遙無歸期。

感謝你，從我的全世界路過

其實從喜歡他的時候開始，我就告訴自己，
只有把自己身上那些不好的習慣統統都戒掉，
或許才有機會換來他在我身上短暫停留的視線。

01

　　林曉喜歡林皓，全校的人都知道。林皓不喜歡林曉，除了林曉，全校的人也都看在眼裡。

　　其實林曉是知道的，但她就愛裝傻，假裝不知道。

　　她總以為只要再撐一下，再努力一下，就能感動他，就能得到他在自己身上短暫停留的目光。

　　那時的林曉，太過年輕。她像所有青春期的女孩一樣，對愛情有著最單純的憧憬與渴望。

她總愛跟我說：「阿雲，我覺得在不久的將來，我的意中人一定會踩著七彩祥雲來接我的。」

每每談到這個話題，我都忍不住想敲醒她：「妳是不是大話西遊看多了？」

在高三那年，她真的遇到了所謂的「意中人」。那個人，就是林皓。

他們是在一個朋友的生日派對上認識的。林曉說當她第一眼見到林皓的時候，心裡、腦海裡都只反覆盤旋著一句話：是他了！就是他了！

多番從朋友那打聽，得知林皓和她在同一所學校，都是高三。

經過幾週的觀察，林曉了解不少關於林皓的事：林皓所在的班級，是這一屆高三自然組的重點班；林皓坐在教室第一排靠窗的位置；林皓的鄰桌是男的，前桌也是男的，但後桌是女的。

為了追到林皓，林曉做出了巨大的改變。要知道，一直以來，林曉都是所有老師眼中的「問題學生」，也是別的家長用來勸誡自家孩子千萬別學的壞榜樣。

沒有遇到林皓之前，林曉是這樣的：頂著一頭五顏六色的頭髮，青色的一撮撮，紫色的一點點；上身穿的是一件牛仔夾克；下身配著一條緊身破洞褲；腳下是一雙經過塗鴉改造的小白鞋。

在學校強令禁止抽菸喝酒的高中時代，林曉早已學會在每個晚自習的時候，蹺課出去和外面的狐朋狗友喝酒、看電影、逛夜市。

除了我，林曉身邊再無第二個能說得上真心話的人。在所有人眼裡，林曉就是一個不良少女。她蹺課、抽菸、喝酒，還愛和一些

不良少年混在一起。

唯獨我知道，這個女孩，她並不壞。她擁有一顆熾熱的心，對世界、對生活、對一切美好的東西也都懷揣著最初的信仰與嚮往。

每次經過街角那間荒廢的小屋時，她都會掏出背包裡的麵包，去餵那些流浪貓、流浪狗；每個週末，她都會去市區的療養院當義工。

她並不壞，只是習慣了戴上面具，偽裝自己。

在學校裡，林曉所在的班級是整個高三最差的一個班。在那裡的，都是一些和她一樣不愛讀書、被老師和家長放棄的孩子。

但所有的一切，在遇見林皓的那一刻開始，全都發生了一百八十度的極速變化。

高三第一學期結束前，林曉把林皓堵在樓梯口，向他表白：「嘿，同學，聽我講個故事吧。」

在決定表白的前天晚上，林曉特地去把自己的太妹頭染燙成了黑直髮，還咬牙買了一件很早之前看中的連身裙。

那天，她把自己打扮得很漂亮，只為了在告白時能讓他眼前一亮。

放學後，她把他堵在樓梯口，要他聽自己講一個故事。但向來冷漠傲嬌的林皓，冷冷地朝她丟下一句：「我沒空！」

他徑自從她身邊走過，連一個眼神都吝嗇給她。

嗯，真不愧是我喜歡的人，連拒絕別人都這麼拽！

那時的林曉，還沒意識到林皓是真的對她沒好感。而她，卻越挫越勇，活像一隻打不死的小強。

02

　　林曉的第一次告白，對方以一句「我沒空」打斷了她肚子裡的一堆話。但她並沒因此放棄。相反的，為了能得到他的青睞，她做出了巨大的改變。

　　課，不翹了；酒吧，能不去就不去了；菸，也戒了，只是每次想他的時候還是忍不住想抽一根。為了林皓，林曉從問題少女一夜之間變成了乖乖女。她的變化，嚇壞了身邊的狐朋狗友，也跌破了全校師生的眼睛。

　　在高三第二學期的第一次段考後，林曉再一次向林皓表白。

　　這一次，她直接抱著一束滿天星就跑到林皓班上。當時林皓正在看書，她一甩手，把花砸在他面前的課桌上，然後拿走他的書，對他說：「林皓同學，我本來想跟你講個故事的。但故事太長了，所以我就長話短說。那個……我喜歡你很久了。」

　　當時正值下課時間，所以在一班的門口、窗戶邊，都擠滿了人。有的三五成群在討論，有的雙雙對對在咬耳朵。

　　他們都在看，看林皓如何拒絕林曉。果不其然，觀眾的眼睛都是雪亮的。

　　教室內，被表白的林皓一臉淡定地看著林曉，然後悠悠開口對她說：「妳走吧，我不喜歡妳。」

　　熟悉林曉的人都知道，她的脾氣非常倔強，不到黃河心不死。

　　她把滿天星拿起來遞到林皓跟前，對他說：「你看，你最喜歡的花是滿天星，恰好我也是。你姓林，我也姓林，我們注定是要在

一起的。」

林皓一把拿過她手裡的花，走到外面走廊的垃圾桶旁邊，「匡噹」一聲把林曉打工了一個星期才買來的滿天星，扔到垃圾桶裡。

他轉過身看著站在教室門口，身體隱約在顫抖的林曉，說：「妳的好意我心領了，我真的不喜歡妳，妳走吧。」

林曉抬頭把眼裡的淚水逼回去，然後開口問他：「到底要怎樣，你才肯接受我？」

聽到林曉的話，林皓嘴邊扯出一個嘲諷的微笑：「除非……妳能考上XX大學。」

林曉撥開人群，向走廊的盡頭跑去。跑到一半的時候，她停下來衝著林皓喊：「你給我等著！」

自那之後，林曉每天都在考卷堆裡遨遊。她買了一大堆的複習題，每天放學後都在圖書館待到很晚才回家。

那時，離大學考試只剩下不到兩個月的時間。而以她自身的實力而言，兩個月的時間真的不可能。除非有奇蹟發生。

她說：「阿雲，我知道這不可能，但如果不努力一下就放棄，我會抱憾終身的。」

「好吧，既然如此，那我也只能全力支持妳了。只希望在答案揭曉的時候，妳不要太難受。」

經過兩個月的挑燈夜讀，林曉終於迎來了大學考試。兩天的時間，一晃而過。考完試的那天晚上，林曉約我去吃東西。

我們坐在麥當勞店裡，周圍都是一些家長帶著小孩子。小朋友們都很開心，一個個啃著雞腿，或者吸著可樂，臉上堆滿屬於他們

那個年紀該有的笑容。

「我小時候也經常跟爸媽來吃這些東西。」

我正嚼著嘴裡的烤肉，突然間聽到林曉說這句話。我放下手中的烤雞翅，把手擦乾淨後伸過去握住她的手。

「我沒事，只是一時感慨而已。」

「曉曉。」

「好了，不說這個了。」

在回去的路上，林曉攬著我的肩膀，跟我說：「阿雲，我以後就只有妳了。」

那時候，我沒聽懂她的意思。直到公布成績的那天，我才明白她想表達的是什麼。

03

成績出來的那天，奇蹟並沒有發生。

林曉考得很差，連私立大學都達不到。而林皓，如願考上了那所有名的大學。

這場注定沒有結局的單相思，也隨著大學考試的結束而暫停。

林曉沒有繼續讀大學，而是開始工作。

自從大學考試結束後，她再沒找過林皓。只是每年同學聚會時，她總是小心打探他的消息。

事隔經年，我知道，在她心底，還住著一個叫林皓的、很冷酷、很拽的男生。

林曉在一家酒吧當服務生。每年寒暑假回家，我都會找她玩。

這幾年，她變了很多。最讓我難以置信的是，曾經嗜酒如命的她，現在竟滴酒不沾。

她跟我說：「其實從喜歡他的時候開始，我就告訴自己，只有把自己身上那些不好的習慣統統都戒掉，或許才有機會換來他在我身上短暫停留的視線。」

也就是說，從高三開始，一直到現在，她都沒再喝過酒，也不再抽菸了。即使是在酒吧工作，不管客人如何勸酒，她都不曾端起過酒杯了。

她在酒吧有時也會遇到一些不講理的客人。對方要是硬要她陪酒，她會一杯酒直接潑到對方臉上。我了解她，她脾氣倔強，做的出這種事。

「曉曉，這麼多年了，妳還是放不下他嗎？」

「妳知道嗎？為了他，我可以戒掉自己一身的壞毛病，可是卻換不來他一個正眼的目光。」

「曉曉……」

「放心吧，我會放下的，給我一些時間。」

今年過年的時候，林曉提前一週辭掉酒吧的工作，去了很遠的地方旅遊。

出發前的一天晚上，她在SNS更新了動態：五年了，是時候該放手了。

她回來的時候，是兩個月後。那天晚上，我們去看了電影，電影的名字叫《從你的全世界路過》。

從電影院出來，她在SNS上寫了很長很長的一段話。時隔多年，我只記住了後面的：喜歡你，讓我學會了什麼是情，什麼是愛。

　　最後一句是：謝謝你，從我的全世界路過。

　　我在下面留言：在妳漫長的一生中，他不是歸人，只是過客。

之
二

#你的氣息，是我的依戀

5,460 個讚

我們確立關係的那年，我大二，他大三。

在學校的那幾年，他每晚都會跟我說晚安。不管多忙，都不曾忘記過。

記得我問過他：「為什麼你每天在手機上只跟我說晚安，卻從來沒說過早安？」

他當時是這樣回答我的：「因為每天的早安我都想親口對妳說啊，傻瓜。」

天亮之前，再想你最後一次

無論此時此刻，你身處何方，身邊有著誰，
都請允許我，再想你一次，就這最後一次。

01

　　在刪掉你的第兩百七十天，我又登上 SNS 看你。

　　幾個月沒有登錄，密碼都快忘了。好在，那幾個數字特殊，是你的生日，所以我一直記到現在。

　　你的動態，每天都有更新：去了哪裡，見了誰，聽了什麼歌，看了什麼書。你的生活過得很充實，並沒有因為我的缺席而暗淡無光。

　　從第一則到最新的一則，從頭看到尾，不敢按讚，不敢留言。也只有在這裡，我才不怕你知道我來過。因為這裡不會留下訪客記

錄，不會留下我來過的痕跡。

你不知道我來過，但我卻清楚你所有的事情。

02

我忘了具體哪一天跟你表白的，只記得是在三月。

傳了幾百字的告白給你後，你問我從什麼時候開始喜歡你的？

具體時間，我答不出來。「我喜歡你很久了，很早之前就喜歡你了。」我語無倫次，生怕你聽錯了。

真的，很早很早之前，就喜歡上你了。但具體是哪一個瞬間，哪一時刻，哪一天，我記不得了。

「相比起愛情，我更喜歡友情。」你回我。

你知道嗎？看著這句話，我旁若無人地哭了好久。

那時候，我正走在大街上。那是我第一次，在大街上哭，不管不顧地哭，忘我地哭。那也是我第一次，因為一個男生而哭。

哭完之後，我還笑著對你說：「沒事啊，那我們就當朋友好啦。」記得那天，太陽很大，天氣很暖。可在我眼裡，周遭的一切，都變得很可惡，也包括你。

你說不想把友情變成愛情，因為如果愛情沒有結果，那最後會連朋友都當不成。

我說好，那就永遠當朋友。只要能陪著你，朋友就朋友吧，我不介意。

直到幾個月後，閨密和我說喜歡就大膽去追。朋友我們不缺，

要是當不成戀人，那就這樣吧。

終於，在第二次跟你說時，你嘆氣：「妳怎麼那麼傻？」你問我怎麼那麼傻，怎麼會喜歡上你？

傻啊，怎麼會不傻呢？不傻的話就不會因為聲音而喜歡你了，而且還無法自拔。

你可能都不記得自己對我說過的第一句話了。沒關係，我記得就好。

那天早上，我剛起床，就收到你的訊息。點開一看，是語音。「丫頭，早安。」短短的幾個字，卻在一瞬間讓我失了心，著了魔。

後來，在刪掉你之前，我又反覆聽了好幾遍你傳來的語音訊息。聽完，捨不得刪。但是最後，還是刪掉了。

它們再好聽都沒用，因為你不在了。

03

有一次，和你聊天。

聊到遠距離戀愛這個話題，你說：「丫頭，如果可以，最好不要談遠距離戀愛。」

我問為什麼，你說這是你過來人的經驗。那個時候我才知道，那是你分手後的第一個月。

你當晚坐了很久的火車去找她，想和她復合。但她卻挽了別人的手，和你從此陌路，相忘於江湖。

「我帶了當初送給她的那本書去找她。結果在回來的時候，書

掉在車上了。那是我送給她的第一份禮物。」

「可能就像我們的結局一樣吧。還沒走到一半，就分道揚鑣了。」

六十秒的語音裡，我聽出了你的哭聲。

我像一個很有禮貌的傾聽者一樣，默默聽你談起那些你和她的過往。

你們是大學同學，但分散在兩地。你經常去看她。每次去，都會帶著她最愛的零食或者書。你們還去了很多地方旅遊。大學四年，你們走遍了所有能去的地方。

「我們還在那座橋上留下了情人鎖，只是我這次再去的時候，鎖已經不在了。」你感慨。

「你們怎麼分開的呢？」我不應該揭你的傷疤的，但還是忍不住問了。

「因為距離吧，相隔得太遠了。」你無奈，搖頭。

因為相離太遠，因為遠距離。所以你才勸我說如果可以，最好不要談遠距離戀愛。

歡喜憂愁無從分享，一個擁抱就能解決的問題，卻彼此隔在螢幕兩端無能為力。曾經無比親近的兩顆心，越走越遠，越走越偏。

「不愛的人，遲早會散的。」這是後來在你寫的文章裡看到的一句話。

再後來，我又用這句話安慰了好多為情所困的女孩，也包括我自己。

我不止一次和你說你的聲音好聽。

你開玩笑：「難不成妳是因為我的聲音才喜歡我的？哈哈哈。」

無意間知道你在Podcast讀文章，當時我也興沖沖地跑去下載了APP。

在你每集發布的聲音裡，我都有留言。我以一個窺探者的身分，偷窺著與你有關的一切。

在刪你之前，我把你在Podcast上的聲音反覆聽了幾遍後移除了這個APP。

那個我曾經很喜歡的APP，我至今都沒再下載回來。已經兩百七十天了，每每想起，心裡說不出的難受。

在你失戀的那幾個月裡，我以朋友的身分，默默陪著你。而你，也以朋友的名義，把我拒之門外。你不再找我聊天，也不再傳語音訊息給我。我每天傳給你的早晚安，你一句都沒回應過。

SNS上，你又去了以前你和她去過的地方。你一個人站在燈火闌珊的大街上，眼前的萬家燈火都無法治癒你的孤單。

可是那又如何，不愛的人，遲早會散的。落寞的背影，昏黃的街燈，這是你配上的文字。

是啊，若是相愛，再遠都會抵達，就像曾經的你和她。若是不愛，近在咫尺也恍若天涯，就像現在的我和你。

05

發現我把你刪掉之後，你傳簡訊給我：傻女孩，謝謝妳。

我回：為什麼說謝謝呢？不用謝我。主動的人是我，孤注一擲的人是我，最後出局的人，自然也是我。

你沒有做錯什麼，錯的人是我。如果當初沒有加你好友，沒有聽到你的聲音，沒有鬼迷心竅。那麼，後來的一切都不會發生。

06

你很少寫文章了，留在頁面上的還是幾個月前的那幾篇。

你之前和我說是因為喜歡你的文字，你們才慢慢走到一起的。

其實我很羨慕她。羨慕她伴你走過了很美好的四年大學生活。羨慕她可以牽著你的手，和你並肩走了那麼多地方。羨慕她參與了你人生的旅程。

而我，從始至終，都無法走進你的世界。

聽朋友說你遇到了另一個她。你們一起合開了社群專頁。她寫文，你讀文。

其實啊，我去看過你們的社群專頁。因為忍不住心裡的念想，所以去那裡看看你，聽聽你的聲音。

你的聲音還是那麼好聽，我一聽就能聽出來。她的文寫得很美，字裡行間都流露出滿滿的幸福與甜蜜。

再次聽到你的聲音，我依然忘不了第一次的那種心跳加速的感覺。還有你每次喊我傻女孩或傻丫頭，問我怎麼那麼傻時的雀躍。

這些，你應該都忘了吧？沒關係，我記得就好。

07

自從和你失去聯繫後，我已經很久沒熬夜了。偶爾需要熬夜時，也不會超過凌晨十二點。「以後盡量不要熬夜，對身體不好。」你當初跟我說過的話，我依然深記著。

我每晚都早早地就睡了。為此，她們沒少笑我，說我這麼快就過起了老年人的生活。

對於她們的玩笑，我笑而不語。我怎麼會告訴她們，因為你曾和我說過要早睡，熬夜對身體不好。

喜歡你，從來都只是我一個人的事而已，與旁人無關，與你，也無關。

所以在你拒絕我的時候，我才會傻傻地為自己辯解：「沒事啊，反正我也只是喜歡你而已，又不是愛上了你，此生非君不嫁。」

對啊，我只是喜歡你罷了，又不是非君不可。

你知道嗎？我有時候蠻後悔自己走上寫字這條路的。但更多的時候，我很慶幸自己是寫字的，對文字有著深深的癡戀。

如果不寫字，我就不會遇到你，也不會遇到她們。可是我卻忘了跟自己說，千萬不要因為一個人的文字，而喜歡上這個人。

顯然，遇見你，我犯規越界了。

之前看過一篇文章，說最好不要因為一個男生的字，喜歡上這個男生。很多人留言支持作者的觀點。

我也是同意的，但我卻像漏網之魚那樣，因著大海裡的自由，掙破了漁夫的漁網。掙扎著從漁網裡逃出去，卻在大海中迷失了自己，找不到來時的方向。

你離開後，我又陸續遇見了很多人。

她們很有趣，填補了我不少無處安放的思念。但漸漸地，她們都一個接一個離開了。有的是我自己弄丟的，有的是自己走的。

遇見了好多人，但依然沒有人在深夜失眠、一夜無眠的時候陪過我。我也沒有找她們，不想給她們添麻煩。

睡不著的時候，我就聽歌。聽你分享給我的歌。聽了一遍又一遍，反反覆覆地單曲循環。聽完歌，我就寫字。把所有的情緒都隱藏在文字裡。

沒有你的這兩百多天，生活過得很平淡，我也早就習以為常。只是每當夜深人靜時，心裡總有個聲音在懺悔：如果當初忍住，只和你做朋友，那就好了。

08

現在是凌晨四點，再過一兩個小時左右天就要亮了。

無論此時此刻，你身處何方，身邊有著誰，都請允許我，再想你一次，就這最後一次。

天亮之前，再想你最後一次。

你走吧，我不喜歡你了

我們都在成人的世界裡成功把自己裝扮得越來越老套，
越來越圓滑與世故。
甚至連我拖著行李箱離開的那天，他都還以為我在開玩笑。

01

昨晚凌晨，他傳訊息給我，圖是南城到北城的火車票。文字是
「我走了，妳保重」。

我打電話給他，他沒接。十分鐘後，他傳來簡訊：車要開了，
到了那邊我再跟妳聯絡。

關掉手機，我打開電腦開始寫東西。寫到一半，睏意陣陣襲
來，眼睛卻不肯從電腦前離開。故事裡的男女主角要重逢了，我在
想安排他們在哪見面能更容易賺到讀者的眼淚。火車站？機場？還

是大街上？

　　拿不定主意，把文稿發給他看，希望他能有更好的見解。檔案發送成功後才想起來他手機關機了，現在正在去往北城的火車上。

　　他可能會更喜歡機場吧，因為他曾經對我說過一句很煽情的話：「機場比婚禮現場見證了更多真摯的親吻。」

　　那是我第一次送他離開時他親口對我說過的話。

　　自那之後，他走得越發頻繁，我送他離開的次數也日漸增多。不知道該說是「一語成讖」還是該感嘆緣分本應如此，這些年，我們越離越遠，越走越散。

　　安排他們在火車站見面吧。午夜十二點三十分，他回覆我。我說好，我這就寫。

　　這一次，他罕見地沒有責怪我熬夜，也沒有催促我去睡覺。或許他心裡也清楚今後我們可以獨處的時間不多，想要見面更是難上加難，說不定一個轉身的距離，我們就會消失在彼此的世界裡。

02

　　文章寫到二分之一時，他分享了一首歌過來。

　　戴上耳機，一邊聽歌，一邊在想男生見到女生的第一句話該說什麼。想了許久，還是打出了那句老掉牙的寒暄：「好久不見，你還好嗎？」

　　這句話，當初我們重逢的時候，他好像也對我講過。重逢的地點，也是在火車站。那是我們分別三年之後的第一次重遇。

擁擠的月臺上，他左手提著黑布包，右手插在褲子口袋裡，靜默地靠著欄杆，眼睛不時瞥一眼來往的人群。

　　幾乎是同一時間，穿梭在人群中的我，和靠在月臺上的他，我們倆隔著不斷湧動的人群四目相對，視線交會。

　　電光火石之間，一種叫腎上腺素的東西在我體內上躥下跳，任憑我怎麼警告都無動於衷。像被人從背後點了穴似的，我站在人群中一動不動，眼睜睜看著他朝我走來。

　　黑布包從左手轉到右手，修長的雙腿輕輕一躍，跳過圍欄，左手抬起把額前的碎髮撩到耳後，一邊走，一邊嘴角上揚。

　　多年後，每每看到電影裡男女主角在月臺重逢的畫面，我總會下意識就想起他。當時的他，比電影裡的人還要年輕帥氣得多。

　　「走。帶妳吃好吃的去。」走到我跟前，他把黑布包換回左手，用右手牽起我左手，把我帶出車站。

　　走出車站一段路，我才反應過來牽著我的人是他。「你怎麼會在車站？」我問他。

　　「想知道？親我一下再說。」他躬著身子，把臉湊到我嘴邊，活脫脫一個等待大人獎勵的小孩子。他總是這樣，每次想從他那得知什麼消息，他都會先捉弄你一下。可惡，狡猾，卻不會讓人反感。

　　我沒有親他。把手從他手中抽出，繼續走路。他輕哼了一下，追上我，又捉過我的手握住，緊緊地。

　　後來他問我：「妳當初有沒有後悔過不吻我？」

　　我假裝說沒有，心裡卻在想，如果還能再重來一次，我一定會踮起腳尖摟住他脖子，親吻他，然後再告訴他：

「終於等到你，還好我沒放棄。」

03

凌晨四點，把寫完的稿子寄到他信箱。

他很快回我：辛苦了，快休息吧。到了那邊我再好好看。

哈欠連天，眼皮都快睜不開了，卻還是撥通了他電話。「你唱首歌給我聽吧，聽完我就睡。」不知怎麼的，就是很想聽他唱歌。

「現在在車上呢，別人都在睡覺。妳也快睡吧，睡醒再唱給妳聽。」他應該是站在車廂外和我說話的，風聲很大。

我不依，遲遲不肯掛掉電話。他沒辦法，只好壓低聲音哼了一段。

「滿意了吧，快去睡。」他說。

沒有回答他，掛掉電話，倒頭就睡。我想他當時肯定很無奈，想罵人，罵電話那頭得寸進尺、不知退讓的我。

你看，人都是這樣。但凡得到一點點，就想要擁有更多，甚至想全部占為己有。

被偏愛的都有恃無恐。

04

我一直在想我們為什麼會分開，明明那麼相愛。

這個問題，我問過自己，也問過他。他說我們不是不愛了，而

是愛得太累了。

他說以前剛在一起的時候，即使是吃泡麵，都會覺得很開心。但後來，在西餐紅酒前，卻味同嚼蠟，沒有了食慾。

是啊，剛在一起的時候，從月初盼到月底，好不容易等到發了薪水才能吃一頓好的。雖然生活很辛苦，有時候甚至會擔心交不出房租被趕出去，夜裡都睡不安穩。

但那時候我們很快樂啊。我們一起擠公車上下班；一起踩著情侶款拖鞋去逛菜市場；一起鑽在小到容下兩個人都困難的小廚房裡研究各種黑暗料理；晚飯後還穿著情侶睡衣去逛街。

後來呢？後來工作日趨穩定，生活有了著落，時間也變得急促。最忙的時候，我們一個月都說不上幾句話，儘管同住在一個屋簷下。

我們開車去西餐廳吃牛排，喝紅酒，流連於燈紅酒綠的花花世界，逢場作戲。

我們都在成人的世界裡成功把自己裝扮得越來越老套，越來越圓滑與世故。

甚至連我拖著行李箱離開的那天，他都還以為我在開玩笑。

05

第二天中午，他傳來稿件的修改意見。

他問：「為什麼最後的結局男孩沒有和女孩在一起。他們不是重逢了嗎？」

我說：「他們是重逢了沒錯，但重逢並不代表能和好如初。破鏡重圓的故事，只有童話裡才會上演。而我筆下的故事，從來都不是童話。」

他感慨，說可惜了這段感情。

是挺可惜的，明明那麼相愛。

「什麼時候回來？」我扯開話題，問他。

「不回去了，想在這邊安定下來了。」他回道。

「嗯……那你照顧好自己。那邊天氣多變，記得添衣加被。」最後一句沒發出，刪了。

「妳也是。不要熬夜，稿子寫不完就先放著。寫完了就傳給我，我幫妳看看。」他聲音有些疲憊，也許是長途跋涉的緣故。

沒有再和他聊下去，點開昨晚寫完的稿子，敲下題目：我心有所念之人，隔在遠遠他鄉。

06

SNS上，他更新了動態。

一張圖，是他剛下火車拍的月臺。一句話：我走了，你保重。

我沒有按讚，但留言了：走吧，我已經不喜歡你了。

假裝不曾愛過，就像不曾相遇過一樣。

我弄丟了每天和我說晚安的人

其實熬夜很睏，只是心中有期待和牽掛的東西，
它總讓你感覺下一秒可能會有驚喜，這一切也許因為是你孤獨慣了。
聽說，幸福的人從來不晚睡。

01

「晚安。」

「這是我最後一次跟妳說晚安了。以後我不在妳身邊，妳一個
人也要好好的。別熬夜，別睡得太晚。」

這是他昨晚傳給我的最後一則訊息。

就在昨晚，我把他弄丟了。我把這個跟我說了一〇九五天晚安
的人，丟在了風中。風很大，任憑我如何拚命去追，都追不上他消
失的速度。

狂風過境後，剩下滿地的狼藉和為了追他而全身狼狽的我。往後都不必再跑，也無須再追了。弄丟的人，再也找不回來了。

　　我和他，相識於學校的學友會。那時我們都來自G市，都在H市的同一所大學讀書。他大二，我大一。

　　那天晚上，學友會迎新。他以同鄉兼學長的身分接待我。散會後，他特地跑到我跟前，對我說：「以後在學校有什麼需要幫忙的，儘管來找我，我罩妳。」

　　「嗯，謝謝學長。」我向他投去感激的一眼。

　　能在這人生地不熟的學校遇到來自同個地方的人，還能得到一個已經在校園裡混了兩年的「老油條」學長的保護，那得多幸運啊！

　　臨走前，我們加了好友，留了聯繫方式。走出聚餐的地方大概有幾步遠的距離，我似乎聽到他說：「呵呵，真可愛！」

　　是說我嗎？我可愛？想多了吧！

　　自從迎新會後，我們經常就會見面。有時是學友會的團體聚餐，偶爾我們也會單獨出去吃飯，或者看看電影。

　　相較於「一見鍾情」，或許「日久生情」更適合我們之間的感情進展。

　　經過大一一年的相處，我們對彼此都了解了不少。我知道他人緣好，交遊廣闊，而且學校裡有很多女生喜歡他；我知道他平時很喜歡運動，最愛打籃球，經常有事沒事就和朋友在操場PK。

　　他知道我比較呆板，反應有點慢；知道我不愛吃香菜，也不喜歡胡蘿蔔。所以每次吃飯的時候，如果菜裡會出現這兩樣東西，那

他一定會先把它們挑掉，再把菜放到我面前。

我們有很多的共同點，其中之一便是看書。平常週末的時候，我們會一起到圖書館，或者去市區最大的書店。

他喜歡看一些懸疑偵探類的書，我就比較愛看一些小說或者漫畫。

不管在圖書館或是書店，我們可以一坐就是一天。這一天裡，我們都安安靜靜地看自己喜歡的書，互不干擾。

這樣的氣氛，不僅不會讓我們覺得尷尬，反而有一種歲月靜好的感覺。

看完書後，我們就一起去吃飯。每次在外面餐廳吃飯，他都會點鍋包肉，因為那是我最愛吃的。吃完飯，我們偶爾也會去看電影，但去的次數不多，只是偶爾去一次。更多的時候，我們會在飯後一起慢慢散步回學校。

餐廳離學校不遠。在那條路上，有許多我們共同的回憶。有十指緊扣，互相依偎的；也有嬉戲打鬧，放聲大笑的……

每次把我送到女生宿舍樓下時，他都會擁抱我。然後對我說：「上去早點睡覺，不准熬夜。否則明天有妳好看的！」

嗯，他每回都這樣威脅我。我才不會怕他！夜還是照常熬，覺還是一樣晚睡。

目送我上樓回到宿舍後，他才轉身離開。在窗戶邊看著他漸漸消失在夜色中的背影，我心裡有道不明的甜蜜，很美好。

上天待我不薄，讓我在異鄉能遇到一個懂我、惜我、疼我、愛我的人。

嗯，真好！一切都剛好是我喜愛的模樣。

02

睡覺前，總會收到他的訊息。每次都是兩則，一則文字訊息，一則語音訊息。形式多樣，但內容都一致：晚安，親愛的。

無論熬夜到多晚，只要聽到他的聲音，看到他的訊息，我都能很快進入夢鄉，並一夜好眠到天明。

我們確立關係的那年，我大二，他大三。在學校的那幾年，他每晚都會跟我說晚安。不管多忙，都不曾忘記過。

記得我問過他：「為什麼你每天在手機上只跟我說晚安，卻從來沒說過早安？」

他當時是這樣回答我的：「因為每天的早安我都想親口對你說啊，傻瓜。」

是了，他總能一兩句話就撩動我的心弦，讓我心尖上的小鹿亂撞。

「欸，那個，聽說我們學校有很多女生暗戀你，你怎麼會選我呢？」

閒來無事時，我總愛拿這個話題調侃他。沒辦法，他長得太人畜無害了。

有一次，我們去看電影，回去時遇到一個年輕媽媽牽著一個很可愛的小女孩。小女孩一見到他，立馬掙開媽媽的手，「嗖」一聲跑過來抱著他。

我當時在旁邊都驚呆了，嘴巴大的可以塞下一顆雞蛋了。還沒待我反應過來，小女孩就問他：「哥哥，你好帥啊！哥哥，你有女朋友了嗎？我當你女朋友好不好？」

　　聽到小女孩的話，我笑了。我在一邊看好戲似的想看他怎麼解決。結果他一手把我拉過去，然後溫言細語地跟小女孩說：「不好意思哦，哥哥已經有女朋友了喔，就是這位漂亮姐姐。妳現在還小，要好好長大，等長大以後也能遇到像哥哥這樣的人啦！」

　　小女孩對他的話將信將疑，但最終還是鬆開了他。她跟媽媽走之前，還特地回頭朝他一喊：「哥哥，你真的好好看喔。」

　　他被喊得不好意思了，拉著我就快步離開了。我問他：「有人誇你好看還不開心嗎？跑什麼呀？」

　　他答：「好看是用來形容女生的吧？哪有人說男生好看的？」

　　那天晚上，我們在外面待到很晚才回到學校。他像往常一樣把我送到樓下，然後才離開。

　　日子就那樣平淡而溫馨地過著。轉眼間，他大四了，我大三了。

　　我問他要不要考研究所，還是畢業後就直接出去工作？無論他怎樣選擇，我都會無條件支持的。

　　他說想考研究所。我說那你就準備吧，我陪你。他把我拉進懷裡，輕吻我的額頭，對我說：「阿心，有你真好。」

　　他準備考研究所的那段時間，我一有空就去看他，每個週末都會陪他去圖書館複習。他學他的，我看我的。

　　大四下學期快結束的時候，他收到了研究所的錄取通知書。那

天晚上，我們把學友會裡的成員都請到外面一起吃飯。

飯後，大家都有事要忙，便紛紛告辭離開了。回學校的路上，只有我們倆。

一路上，他都牽著我的手。緊緊地握著，似乎一鬆手，我就會不翼而飛了。

走到一半，他停下來。他跟我說：「阿心，畢業後我可能要回G市了。」

他的研究所在G市。一畢業，他就得回去了。我知道他捨不得我。我也不想讓他走。可是我總不能為了自己的一己之私而阻擋他去追求自己的夢想啊！

所以我跟他說：「那很好啊，你先回去探探敵情，在那安營紮寨，等著我回去。」

我也想考研究所，也想回G市，回去陪他一起並肩戰鬥。

03

時間轉瞬即逝，畢業的日期一天天逼近。

在那個陽光明媚，人和事都剛剛好的日子裡，終於迎來了他的畢業典禮。

那天，我以家屬的身分參加了他的畢業典禮。他拉著我拍了很多照片。照片上的男生，擁著他身旁的女生，表情溫柔。

畢業照拍完了，畢業典禮也結束了。

他離開的那天，皚皚白雪飄了一整天。整個校園裡，視線能觸

及的地方，都是白茫茫的一片。

　　我穿著厚重的棉衣，把自己裹得跟粽子似的去車站送他。他昨晚跟我說天太冷了，不用去送。我怎麼可能聽他的呢！他都要離開了，還不准我去送！

　　月臺裡，人群擁擠，來去匆匆。有送別的，有重逢的；有開心的，也有不捨的。

　　廣播響了，火車啟動了，他要走了。

　　我緊緊抱著他，對他說：「你回去後要好好的，不許拈花惹草，要等我回去喔。」

　　一定要等我回去喔。還有一年，我就會回去陪你了。

　　目送他上車後，我一個人走在回學校的路上。大雪還在洋洋灑灑地飄著。地上的積雪逐漸增多，每走一步，都會留下一個腳印。

　　走著走著，突然覺得心裡空落落的。我掏出手機傳訊息給他：一路順風，回到家後記得跟我報平安。

　　那一年，是我們在一起後的第二年，也是我們開始遠距離戀愛的第一年。

　　那一年，雪下得很大。我經常一個人窩在宿舍看雪，順便想想他。

　　大四的時候，我也開始準備考研究所。那是我們遠距離戀愛的第一年。去年的時候，他準備考研究所，我陪他複習。這一年，我準備考研究所，身邊卻只有我自己。

　　我順利考上了研究所，但學校卻不是在G市。我沒有選擇回去，而是繼續留在H市。

他打電話問我：「當初不是說好要回G市的嗎？為什麼要改變主意？」

我說經過一年多的只能隔著冰冷的螢幕傳達關心的生活，我累了，真的累了。

這一年多的時間裡，我們都很忙。他忙著念研究所，我忙著考研究所。我們打電話的次數越來越少，聊天的內容也越來越簡短。

我們之間，看似和從前一樣。但實際上，很多東西都變了。一年的時間不長，但足以改變很多事情。

G市，有他的夢想，有他想追尋的東西。H市，也有我的夢想，也有我想要尋找的生活。我們都以為自己是對的，都不肯妥協，都不肯低頭。那結局也只有一個：分手。

分手是我先提出來的。他起初不同意，但後來卻再也沒有找過我。我想啊，如果當初我們沒那麼倔強，或許結局會是另一番模樣吧。

後來我沒有去念研究所，大學畢業後，我在H市找了一份不錯的工作。那時候，我們已經有陣子沒聯繫了。我有找過他，打電話給他，傳訊息給他，可是都沒得到回應。

我在H市工作了兩年。就在昨天，我辭職了。老闆挽留我，說要我再待幾年。

我說我不能再等了，我得回去了。他在G市，我要回去找他了。我不能再錯下去了，我要告訴他，其實這兩年，我都在想他，天天在想。我要回去陪他了。

回到租屋處後，我上網訂好了車票。今晚坐車的話，明天就可

以到了。我要給他一個驚喜。

驚喜還沒送達，絕望卻已悄然而至。

我在收拾行李的時候，收到了他的簡訊。快兩年了，他終於回我訊息了。

我迫不及待點開訊息，久違的一句「晚安」讓我瞬間潸然淚下。他終於傳訊息給我了，終於又跟我說晚安了，他心裡還是有我的。

可是接下來的一句話，打破了我所有的幻想。

「這是我最後一次跟妳說晚安了。以後沒有我在身邊，妳一個人也要好好的。」

淚水模糊了視線，我顫抖著手登錄SNS。找到他的頭像，點進去一看，他最新一則動態是十分鐘前更新的。

上面是一張圖，裡面的兩隻手十指緊扣。圖上是一句這樣的話：感恩在茫茫人海中，能與妳相遇。

手機「匡噹」一聲掉在地上。

是了，都快分開兩年了。他那麼優秀，身邊怎會缺人？那我還要回去嗎？回去了又能怎麼樣？

我把行李箱裡的衣服一件件掛回衣櫃裡，然後上網取消了車票。

我走到窗邊，看著外面的鵝毛大雪。從今往後，我都要早點睡了，不能再熬夜了。

因為從今晚開始，再也不會有人跟我說晚安了。再也不會有人叮囑我不要熬夜，否則就要我好看了。

那個每天都跟我說晚安的人，被我弄丟了。

你走後，我又一個人愛了好久

你看，現在我們不都活得很好嗎？
你忙著滿世界跑，忙著遇見下一個她，又送走上一個她。
我也很忙。忙著工作，忙著生活，還忙著想你。

01

　　我把頭髮剪了。曾經你親手撫摸過的及腰長髮，被剪短了。

　　那天，美髮店只有我一個客人。設計師問我：「這麼長的頭髮剪掉了不覺得可惜嗎？」

　　我沒有理他，只顧著陷在自己的情緒裡。抬起頭一看，前幾分鐘還垂在我耳邊的長髮，已經不見了。

　　走出美髮店，迎面而來的寒風吹得我一顫。習慣性伸手摸摸頭髮，卻只摸到顫抖的肩膀，長髮已不在。

走在大街上，我突然想如果我轉身回頭，會不會看見身後不遠處的你。這麼想著，我真的轉身了。但空蕩蕩的街道上，只我一人。

這個時候，你怎麼會出現呢。我嘲笑自己，繼而漫無目的地走著。走吧，走吧，再走遠一些，再遠一些。

繼續走吧，或許下個路口，就有你在等著我。

02

第二天晚上，我去了遊樂園。

門口賣面具的大叔都快認不出我了。「哎，妹妹，妳……妳剪頭髮啦！」他指著我的齊肩短髮，笑著遞給我一副面具。

我把面具收下，朝他點點頭，然後走開。我變得不愛說話了。在外人面前，更是冷漠得不像話。

好搞笑啊，你沒離開前，我天天跟在你身邊嘮叨。你還笑我，說我話很多。現在想想，其實我話不多啊，只是遇見了你而已。

摩天輪上，我放著你最喜歡的一首歌，一個人俯瞰著腳下的萬家燈火。在摩天輪升到最高處時，我聽到旁邊傳來女生的歡呼聲。她高喊：「我願意！」

不用想也知道，那個男生告白成功了。

猶記得，第一次你帶我來這裡，對我說著那些讓人臉紅心跳的話。我也像這個女生一樣，開心得尖叫，說我願意。

大概晚上九點多的時候，他們離開了。女生一路都在笑，男生

也跟著她笑。他們讓我想起了我和你。我們在一起的大多數時間裡，也都是我在鬧，你在笑。

走出遊樂園，已經晚上十點了。我還不想回家，就在路上慢慢走著。耳機裡，你下載的歌曲，一遍又一遍單曲循環著。

有的歌，我不是很喜歡它的旋律，但歌詞卻走進了心坎裡。還有那些我以前不怎麼聽的民謠，也因為你，一首接一首存到歌單裡。

你唱給我聽的第一首歌，我還記得。歌詞我都背下來，記在心裡了。你在臺上，舉著麥克風，說：「接下來的這首歌，送給我最愛的女孩。」

對了，你總是喊我女孩。我有很多稱呼，綽號也不少，但你總叫我女孩，還特意加上「我的」這兩個字。你說要給我一個獨一無二的暱稱，所以我就成了你的傻女孩。

走到公車站牌，路邊有個大叔在賣烤番薯。我過去買了一個，掏錢時才記起你以前跟我說的：「少吃這些東西。」

咬咬牙，我還是買了一個。一邊吃，一邊走路。是風太大了？還是番薯太燙了？吃著吃著竟然落淚了。

我已經很久沒吃過麻辣燙、烤番薯，還有那些路邊攤了。因為你說這些東西不怎麼健康，要我少吃。

我的胃已經被你養刁了。它很傲慢，很挑剔。以前很喜歡的東西，現在擺在它跟前，它都不看一眼。這都怪你，怪你把它收服之後又狠心拋下它。這也怪我。怪我對它太嬌慣，任由它癡迷你的味道。

03

回到家，我開始整理衣櫃。

我很奇怪。一個人的時候，總喜歡整理衣櫃。你送我的裙子，我收起來了，把它疊好放進箱子裡。

現在是冬天，你送的裙子是夏裝，不適合在冬天穿。等到來年夏天吧，我再把它拿出來。希望在下一個夏天，我穿上它時，能再次見到你。

我們約好在下一站，下一個夏天，再見一次，好不好。

對了，忘了告訴你，上週末，我去了你工作的地方。早上七點的火車，下午五點到。

在公司附近，我吃了你推薦過的烤肉飯。說實話，我不是很喜歡。太辣了，辣得我直冒煙。可能是在點餐的時候，我忘了跟老闆說我不要加辣吧。

你住的公寓，我也去了。之前你給的鑰匙，我還留著，沒有扔掉。為了不弄丟它，我還把自己家的鑰匙和它扣在一起了。

我在想啊，還好當初沒有搬過來和你一起住，不然分開的時候多尷尬啊。

你又要笑我了對吧，總是那麼悲觀，把事情想得太遙遠。可是事實證明，我的悲觀是正確的。

你跟我說不要想那麼多，愛一天，有一天的溫柔和快樂。而我呢，卻想著要是將來有一天，我們分開了，我該怎麼辦，你又會怎麼辦。

現在想想啊，那時候的我們還是太年輕了。不曉得在那樣的年紀，沒有誰會是誰的一輩子，也沒有誰離開了誰就會活不下去。

你看，現在我們不都活得很好嗎？你忙著滿世界跑，忙著遇見下一個她，又送走上一個她。我也很忙，忙著工作，忙著生活，還忙著想你。

她們說我是時候該把你放下，去遇見別人了。我說好，再等等。再等等，我就把你放下了。

04

你可能不知道吧，你走後的第一年，媽媽就帶我去相親了。

為了這事，我第一次對他們發脾氣：「我還不想考慮這些事，我還不急！你們如果急，那就自己去好了！」

我對他們說了好多難聽的話，他們震驚得不知所以。但後來，我還是跟著媽媽去見了一些人。

我很討厭去相親。兩個人坐面對面坐著，互相不了解對方，又懶得主動開口找話題。尷尬漸漸彌漫著整個空氣。

不過也有例外。在第三次，我遇到了一個很好的男生。他人很好，和我也聊得來。我們一起看了電影，還吃過幾次飯。

但當他要牽我的手時，我遠遠躲開了。他當時很驚訝地看著我，那瞪大的瞳孔好像在說：「飯都吃了幾次了，現在牽個手還不行？」

「對不起，我還沒準備好。」留下一句抱歉，我一個人回了家。

他傳訊息給我，我也沒再回應。後來，我還刪了他。媽媽問我進展如何，我只對她說：「媽媽，以後我不會再去相親了。」

你看，我還是接受不了別人。儘管他們都很好，對我也很好。但他們都不是你，也無法像你。

和你十指緊扣過的雙手，我不想去牽別人。你給過的懷抱，在別人那裡，我也找不到相同的溫暖。

他們再好都於事無補，因為他們都不是你。

05

你也會遇到這樣的情況嗎？

阿姨是否也會逼你去見那些你不想見的人。是否你也會因為自己不想去而跟她大眼瞪小眼。

你應該不會吧。你身邊向來不缺喜歡你的人。從你的SNS就可以知道，沒有我的生活，你不會孤單寂寞。

昨天本來應該是我們在一起五週年的日子。我還特地一個人去了遊樂園，吃了烤番薯，回家後還喝了酒。

但與此同時，昨天也是我們分手後兩年的時間。具體來說，應該是兩年多。

兩年零七十七天。我都記著呢，每天都在數著。

昨晚藉著酒精的作用，我打電話給你。鈴聲響了好一陣子，你才接，「有什麼事嗎？」

「沒事，就是想聽聽你的聲音。」忍了好久，才沒有哭出來。

沉默，沉默，無言的沉默，死一般的沉默。「沒事我掛了。」十五分鐘的通話時間裡，這是你說的第二句話。

其實我想告訴你，今天我去了遊樂園，坐了摩天輪。上週我還去了你住的地方，但你不在。

我還想告訴你，我想你了，很想很想。

但這些你都不知道。你不會知道我有多想你，不會知道我有多恨你。

你更不會知道，在你走後，我又瞞著所有人，偷偷愛了你很久。

別告訴她，我還想她

唯願在沒有我的日子裡，她也能如向日葵般迎著朝陽倔強生長。
希望她每天早上都能趕上第一班車，
然後每晚下班後都不會錯過最後一趟末班車。

01

　　掛掉木子的電話，已是深夜一點。

　　離天亮還有幾個小時，時間尚早。今天是週末，不需要去公司。我索性掀開被子下床，走出臥室。

　　摸黑走到廚房，打開冰箱一看才發現裡面早已空蕩蕩，除了昨晚吃剩下的一碗飯，什麼都沒有了。轉身回房間，打算拿著錢包下樓去買幾瓶啤酒，卻忽然意識到這個時間點，樓下超市已經關門了。

沒有啤酒，那就抽根菸吧。拿起床頭櫃上的菸盒，推開落地窗，跨出陽臺。點上一根菸，眺望著對面的江面。

昏黃的路燈下，這座城市安靜得像熟睡的小孩。不哭不鬧，乖巧得惹人憐愛。河面上倒映著路邊的樹影和燈影，一切都顯得那麼溫馨、安詳。

而此時的我，內心卻荒涼無比。似有萬千藤蔓瘋長，遮掩了陽光的滲入，徒留一片黑暗。

空洞，漆黑，又荒蕪。

02

初識木子，是在大學。

彼時，我是被學校安排去迎新的大二學長。她是剛踏進象牙塔，初來乍到的小學妹。

我們見面時的場景很搞笑。學校大門門口，我舉著迎新牌子站在大樹下，她拖著一個比本人還大的行李箱，肩上還背著一個黑色小包。

當時是九月，秋老虎的威力甚是逼人。她滿頭大汗，一手用紙巾擦著額頭上的汗珠，一手拖著行李箱走到我眼前。

「那個，我想問一下XX系 302 會議室怎麼走？」把箱子立在腳邊，她用右手遮擋太陽光線，左手則從背後的黑色小包裡拿出一張學校的示意圖向我問路。

看到她低頭的那瞬間，滴滴汗珠順著她細白的皮膚滑下。下意

識地，我便拉過她的箱子，跟她說：「我正好要去那裡，跟我走吧。」

其實我並不順路，也沒有要去那裡。我還要再等一批新生到，然後再帶他們去會議室報到。但太陽太毒了，曬得人昏昏欲睡，口又渴。重點是我心裡不想讓眼前這個細皮嫩肉的小學妹遭受日光的荼毒。

「欸，你是學長嗎？這樣走掉沒問題嗎？」走到學生餐廳附近，一路上都沒和我開口說話的人卻突然問我。

「沒關係，還有那麼多人在呢。」我叫她停下來等我一下，然後自己跑去學生餐廳買水。

她接過水，和我道謝。她表現得落落大方，絲毫不扭捏。這樣的女生，我打從心底欣賞。

帶她到會議室後，我便離去。她再次跟我道謝，笑著說：「不好意思，麻煩你了。」

她拖著箱子低頭走進會議室的背影，在往後很長一段時間裡都會在我腦海浮現。躬著背，低著頭，腳步輕輕地，小心翼翼地。活脫脫像一隻可愛的小松鼠。

後來，我們在一起之後，我問她：「為什麼我第一次表白，妳就答應了呢？」

她瞇著眼，回答我：「我相信自己的直覺。」

若不是知道我是她的第一任男朋友，她這樣說，我一定會覺得她的感情經歷很豐富。但事實上，並非如此。

直到我們分開很久之後，回憶起第一次向她告白時的場景，我總會不自覺想起林俊傑唱過的一首歌。這首歌叫〈醉赤壁〉。裡邊

有一句歌詞是這樣的：確認過眼神，我遇上對的人。

02

說起告白，那是在認識木子的第二年。

那時候，我們已經走得很近了。我們都知道彼此對對方的心思，只是大家都難得的有默契，誰都不去戳破那層窗戶紙。

那時候，我大四，她大三。

我們不在同一棟教學大樓上課，但這並不妨礙早上沒課的時間裡，我們會一起在自習室裡讀書。

我有賴床的壞習慣。早上都是她先去自習室占位置。稍後我再拎著早餐去找她。我從大三到大四，她從大二到大三，這個習慣我們持續了一整年。

風雨無阻，只要早上沒課，我們就會到自習室去讀書，想來那一年過得真是充實。大四第一學期的時候，我還拿了獎學金，而且是一等獎。木子也一樣，也是一等獎。

書上說最好的愛情，不是互相嫌棄，而是發現彼此的缺點，然後一起克服，一同進步。

和木子分開後，我見過身邊各種分分合合的情侶。他們在一起的時候，我沒有羨慕過。他們分開後，我亦無幸災樂禍。

因為愛情最好的樣子，我也曾擁有過。同樣的，愛情離去時，那種撕心裂肺的感受，我也經歷過。

我對木子的告白謀劃已久，但卻是在一個很特別的時候行動的。

那天我正發著燒躺在寢室裡。迷迷糊糊間，木子拎著一個保溫罐推門進來。室友都去上課了，那些不該讓女孩子見到的東西，在木子打電話給我說她要來看我之前，我已經忍著難受從床上爬起來整理好了。

　　「怎麼樣？有沒有好一點？」她把保溫罐放在書桌上，然後坐到我床上，伸手摸我額頭。軟軟的手掌貼在額頭上，像極了小時候生病時媽媽憐愛的撫慰。

　　「我幫你燉了湯，趁熱喝。」她抽回手，起身去幫我倒湯。木子為了替我燉湯，沒少下工夫。在寢室起火熬湯，不僅要防著舍監阿姨，還得擔著被室友調侃的風險。

　　「我們在一起吧。」喝下木子遞過來的湯，放下碗，我拉著她的手，跟她說。

　　其實我很緊張。本來身體裡就像藏著火堆一樣熱得要爆炸了，在開口後，臉上也幾乎要燒起來了。

　　「好。我願意。」把白皙的雙手覆在我手心，木子點頭答應。

　　沒有鮮花，沒有香檳，沒有燈光，連歡呼聲和起鬨聲都沒有。只有一聲懇求，木子便成了我女朋友。

　　「不後悔嗎？」我問。

　　「現在後悔也來不及了。」她答。

　　時至今日，對這段感情，我最大的遺憾便是沒有給木子一個像樣的告白。一個終生難忘的、刻骨銘心的告白。

　　然而，我欠她的又何止這個。

　　畢業後，我去了大城市。木子則留在原來的地方。

　　畢業後的第一年，是我最忙碌的一年。在那個大多數人都嚮往的大城市，每天朝九晚五，為了工作和生計奔波。最困難的時候，我用口袋裡僅剩的零錢買了一碗泡麵，蹲在天橋下邊吃邊擦眼淚。當然，這些木子都不知道。

　　我在大城市工作的第二年，木子也畢業了。她放棄考研究所，提前跨出象牙塔，走進社會。

　　她沒有來大城市，依然留在原本的地方。

　　在那之後的兩三年裡，我們總共只見過十五次面。抽屜裡的飛機票或火車票票根，清晰又殘忍地冷眼旁觀著我們這場相距四百多公里的遠距離戀愛。

　　那時候，我們都忙著自己的工作。不再像以前在學校那樣去自習室占位讀書，也不再互相分享彼此見到或遇到的那些人與事。甚至連說好的一週一次的視訊聊天都在慢慢減少次數。

　　她在工作上或生活中遇到難題時，我無法及時出現在她身邊。我在工作上成功時，她正忙著圖紙和文案的設計，無暇和我一起歡呼慶祝。

　　每晚下班後一個人走在路上，看著身前身後手牽手、肩並肩的情侶，心裡都說不出的羨慕與壓抑。我想，遠在幾百公里之外的木子應該也會像我這樣，歡喜憂愁無從分享，喜怒哀樂無從訴說。

　　於是，漸行漸遠。於是，殊途陌路，分道揚鑣。

分手是木子提出來的。

那晚我們視訊快結束時，她停頓了一陣，說：「我們就這樣吧。」

她說我累了，我想你也累了。她說為了不耽誤彼此，為了不再這樣互相拖著，我們就這樣吧。

說完，她先關掉了視訊。看著螢幕上漆黑的一片，我心裡竟沒有多少憤怒或難過。也許我自己在潛意識裡也是這樣想的吧。

分開後，我們依然還有聯繫。但聯繫的時間不多，有時候是一個月一次透過聊天軟體聊天，有時候是幾個月才一次問候。

她沒有封鎖我，我也沒有刪掉她。只是我們各自發的SNS動態，雙方都減少了按讚的次數。甚至漸漸地，她更新動態的次數都比從前少了。幾個月下來，只有寥寥幾則關於工作宣傳的動態。

有一次無意間在夜裡滑到她更新的動態：離開你之後才發現世事險阻，好在我已經足夠強大。

時間是午夜十二點三十分。

以前在學校，這個時間，我早已把她哄入睡了。但現在，她仍然在為工作的事殫精竭慮。

右手在按讚與留言之間徘徊不定，最終還是收回手，退出SNS，當作什麼都沒看見。

有人說最大的悲哀莫過於在最無能為力的年紀，遇到了想照顧一生的那個人。

其實不盡然。在你有能力的時候，那個想要呵護一生的人卻離

你而去，這又何嘗不令人唏噓不已。

　　不管是錯過還是過錯，我們都沒錯。我們都很好，只是彼此不適合罷了。

05

　　不知不覺已在陽臺站了幾個小時。

　　天要亮了，在離我幾百公里之外的城市，曾與我真心相愛過的女孩，應該要起床去趕早班車到公司上班了。

　　唯願在沒有我的日子裡，她也能如向日葵般迎著朝陽倔強生長。希望她每天早上都能趕上第一班車，然後每晚下班後都不會錯過最後一趟末班車。

　　希望不久的將來，她能遇到一個比我更好、可以常伴她左右的人。

　　托清風明月寄去我的祝福與掛念。只是別告訴她，我還想她。

對你最深的愛，是手放開

當愛逝去，我唯一能做的，
就只有把手放開，放你自由，放我遠行。

01

　　我無數次幻想過與你重逢時的場景：機場、月臺、街邊，甚至是婚禮現場。

　　我也想像過無數次見到你時，自己的心情：尷尬、失落、傷心難過，甚至是當著你的面大哭。

　　然而，當真正再次看到你，我所幻想過的這一切，都沒有發生。

　　超市裡，你推著購物車，把她圈在你身前。我站在你們視線的前方，離開也不是，假裝不存在也不是，進退維谷。

　　我看到你也頓了一下，放在推車上的手掉下去了。是我視力模糊了，沒看清楚？還是距離太遠，我產生錯覺了？你怎麼可能也會緊張呢？

　　「嗯？親愛的，怎麼不走了？」我看到她扭過頭問你。

　　你沒有作聲，抬手捏捏她肩膀，然後轉身在離你最近的架子上取下一瓶優酪乳。「喏，這不是妳最愛喝的嗎？」把優酪乳放進推車，你們相視一笑。她踮起腳尖在你耳邊說著什麼，一臉幸福洋溢的表情。

　　手裡捏著同樣的一瓶優酪乳，我用另一隻手掐自己的臉：把優酪乳放下，淡定地走過去，去櫃檯結帳。

　　我真的做到了。優酪乳放回原來的地方，但架子太高了，我只好踮起腳，伸長手，才能搆得著。以前我都不需要這樣的，因為總是你幫我拿下來，放進推車裡。

　　但現在，我只能靠自己了。

　　不知道看到我這樣，你會做何感想？是否會想起不久之前，同樣的超市，同樣的優酪乳，但被你圈在懷裡的人，是我而不是現在的她。

　　路過你們身邊，我聽見她問你：「親愛的，你們認識啊？」她仰頭看向我，問你。

你會怎麼回答？認識？她是我前女友。還是不認識？我沒見過她。

「走吧，看人家幹嘛？妳不是還要買洋芋片嗎？」你避開她的問題，拉著她，推著車，從我身旁走過。

早就應該想到會是這樣的結局：你我如若有緣再相遇，就當彼此是陌生人。不打招呼，不問近況。

經過你身邊時，你身上獨有的薄荷香味飄到我鼻尖。這個我曾經無比依賴和熟悉的香味，一時間敲醒了我：走吧，抬腳往前走吧，不要停留，不要回頭。

結完帳，走出超市，數著購物袋裡的東西，發現少了一樣。是漏了什麼沒買呢？回到家才發現，不是忘了買，是我自己把它放回去了。

那一瓶你從架子上拿走的同一種口味的優酪乳。

如果，當時我主動上前跟你打招呼，你還會不會假裝不認識我？還會不會和我寒暄，問起彼此的生活？

會嗎？應該不會吧。畢竟在新歡與舊愛面前，你牽的不是我的手，在你懷裡的人，也不是我。

真可惜，相愛一場，結局竟是這般令人唏噓不已。也未曾想，你我還能再相見。

若再見你，事隔經年，我將如何致意？眼淚是沒有了，那就只剩下沉默了。

＃ 03

猶記得我們剛確立關係那時候，你請我室友吃飯。

加上我，四個女生。你也帶了自己的朋友過來。餐廳是你訂的，吃飯時點的菜是室友她們選的。她們從我這得知你不吃辣的，卻故意點了麻辣鍋底。看著她們一個個大快朵頤，你也跟著拿起筷子。

　　我拉你衣角，用眼色示意你不要吃。你反手握住我，回以溫柔的眼神，告訴我不用擔心。

　　一頓飯下來，她們吃得很盡興，你卻還忍著不舒服跟我們去電影院。六個人，六張票，六杯可樂，外加兩桶爆米花。我不忍心讓你一個人掏腰包，趁你盯著螢幕的時候偷偷把錢塞在你的風衣口袋裡。

　　那部電影，我印象特別深，《那些年，我們一起追的女孩》。調皮搗蛋的柯景騰，資優生乖乖女沈佳宜。

　　電影的最後，沈佳宜笑著說：「柯景騰，謝謝你喜歡我。」柯景騰回答她說：「我也很喜歡那時候喜歡妳的我。」

　　看到這裡，我望向坐在自己左手邊的你。你也彷彿聽到我的召喚一樣，扭過頭來看我。「也謝謝妳，喜歡著我。」你俯身在我耳畔呢喃。

　　我握緊你的手，用嘴型模仿柯景騰說過的那句臺詞念給你聽：「我也很喜歡現在喜歡著你的我。」

　　我們對視一笑，像極了電影裡他們不經意間看到彼此時嘴角微微上揚的美好。

　　電影裡還說，青春是一場大雨。即使感冒了，還盼望回頭再淋它一次。

後來，直到我們分開很久之後，我又一個人去電影院看了這部電影。那時候，我才算是真正理解和讀懂了這句臺詞的含義。

只是好可惜，曾經慌亂過我美好青春年華的你，彼時早已不在我身旁了。

我一切安好，倘若你在場。

04

你死撐著和我們一起吃完麻辣火鍋的後果是全身過敏，請了兩天的病假。

我去你家看你，卻沒想到阿姨和叔叔都在。記得前一天我問過你，你說他們有事出去了，週末不在家。

意識到你說謊時，阿姨已經開了門和我打招呼。她把我拉進客廳，忙前忙後為我倒茶，削水果。她對我的好，讓我誤以為過敏生病的人是我，不是你。

坐在你家裡，環視著你從小長大的地方，心裡有種莫名的興奮與激動。阿姨還一直和我聊起你小時候發生過的那些糗事。

比如，你第一次騎自行車，死命不讓叔叔鬆手。他一鬆手，你就哇哇大哭；比如，你第一次因為騎車摔倒了，膝蓋縫了好幾針；比如，你第一次在學校拿到獎狀，他們獎勵你比平時多一倍的零用錢……

不知不覺中，好多你童年的事情，我都從阿姨那知道了個大概。你的過去，我來不及參與。但你的未來，我不會缺席。

在我們聊天的間隙裡，叔叔已經煮好了菜。滿滿一大桌的菜，香味撲鼻，看得我垂涎欲滴。

他們的熱情，讓我一度忘記了自己來你家的目的。「不急不急，他剛吃完藥躺下。我們先吃飯，吃完再去看他。」阿姨把我拉到飯桌前，叔叔往我面前的碗裡盛湯。

那頓飯，我吃得很撐，肚子都要鼓起來了。叔叔阿姨卻還不停地夾菜給我。

「妳太瘦了，要多吃點。」每次去你家，阿姨都這樣說。

即使後來我們分開了，可每當看到自己的爸爸媽媽、和他們一起吃飯，我眼前便會浮現叔叔阿姨的模樣。想起他們對我的好，對我的疼惜。

真希望你現在喜歡的那個她，也能像我一樣得到他們的照顧和疼愛。那樣的話，我對他們的歉意就會減少些許。

但好像這些都不是我應該關心的，因為我已經沒有資格，沒有身分，也沒有立場了。

05

我們吃飯的時候，你從房間走出來。

一身灰色的休閒長袖長褲，蓬鬆的頭髮，腳踩著棉拖，這樣的你，比以往任何時候都更親切。用現在的話來說是，更居家。

拉開椅子在我旁邊坐下，你托著腮看我吃飯。當著叔叔阿姨的面，我羞得紅透了臉，連耳根子都像要被煮熟了似的。

吃完飯，阿姨要你穿上衣服，帶我出門散散步。社區門口的公園裡，你牽著我，走在一排排的銀杏小道上。

當下已是晚秋，黃得發亮的銀杏葉鋪滿整條人行道，染了一地的黃。

「等冬天到了，我們再來這邊一次，好不好？」我想和你一起來看雪，想在雪地裡和你一路走到白頭。

後來，我一個人度過了好多個下雪的寒冬，卻觸摸不到身旁的你。

長街吻過千堆雪，你我卻未曾擁抱在這漫長的夜。

「不用等冬天，隨時可以來。」你挪揄我，還笑得很開心。「就像現在這樣，嗯？」

回去的時候，我撿了一片銀杏葉。我把它當作書籤，夾在你送給我的書裡。後來，因為搬家，書被我弄丟了，連著一起走失的，還有那片葉子和你。

「我把妳塞錢到我口袋裡的事告訴我媽了。她說妳是個好女孩，要我好好對妳。我決定聽她的話，像對待她未來兒媳婦一樣對你。」

快到你家門口時，你在我右臉頰落下輕輕一吻，把我圈在你懷裡。鼻尖都是你身上慵懶的氣息，還有淡淡的藥膏味。

「原來你知道了啊。」我有些不好意思了，因為你說的那番話。

「妳的一舉一動何時能逃過我的眼。」你看著我，笑得很壞。

午後的暖陽，你臉上痞痞的壞笑，還有你身上的味道，都曾久久縈繞在我夢境裡，揮之不去。

可是眼睛一睜開，身邊卻沒有你的身影。

06

　　一路從超市跑回家，購物袋什麼時候破了個洞都沒發覺。好在洞不大，裡面的東西沒掉出去。

　　打開手機，把你從黑名單裡移除。點進你的帳號，裡面一片空白，我什麼也沒看到。想著要對你說一聲祝福，發出去的訊息卻顯示：對方已不是您的好友。

　　沒有再向你發出好友申請，平靜地接受了這個事實。再看一眼自己的動態：後來，多少黑名單也曾互道晚安。

　　兩年前的今天，是我們分手後的第一天。

　　刪掉你之後，我更新了SNS：多少後來，都是回不去的曾經。

　　這句話，送給曾經深愛過的我們，送給現在和別人舉案齊眉的你，也送給現在依然放不下的我自己。

07

　　睡覺前，我又看了一遍《那些年，我們一起追的女孩》。

　　這是第三次，也是最後一次了。第一次是我們剛確立關係那時候，最後一次是我們分開後的第二年，也就是現在。

　　電影裡還有一句臺詞：如果你真的非常喜歡過一個人，就會知道，要真心祝福她跟別人永遠幸福快樂，根本是不可能的事。

　　所以在超市裡看到你和她，我之前準備好的祝福都淹沒在肚子裡，煙消雲散了。我不祝福你，但還是希望你可以過得好。

至少要比和我在一起的那幾年好。

我唯一能做的，就只有把手放開，放你自由，放我遠行。

鬆開手，是我對你做過的最好的、也是最愛你的一件事。

往後沒有你的日子，我也會一如既往的堅強。

之

三

#説著再見，卻一路走，

一路掉眼淚。

❤ 7,087 個讚

也只有在深夜裡，我才敢放縱自己，才敢毫無顧忌地瘋狂想念他。

然而我也明白，黑夜不可以永遠，無聲的思念過後，我還是要回到沒有他的
生活中去。

他有自己的路要走，我也要繼續自己腳下的路。

無法相擁的人，要好好道別。

熬夜和想你，我都會戒掉

然而我明白，黑夜不可以永遠，無聲的思念過後，
我還是要回到沒有他的生活中去。

01

我昨天去看他了。

從我住的地方到他住的地方，兩個小時的車程。我訂的是早上
八點的車票，到他家是十點多。

他不在家，出差了。我沒有提前跟他說我會去看他，他也沒有
像從前那樣，每次出差都會把備用鑰匙放在門口的鞋墊下。還好我
當初沒把鑰匙還給他，不然連他的家門都進不去。

我帶了自己做的菜，紅燒茄子，排骨湯，還有一份油燜青菜，

都是他愛吃的。他不在家，我一個人也沒吃，就都用保鮮膜包好放進冰箱了。等他出差回來就有現成的可以吃，不用叫外送了。

他腸胃不好，但又不會做飯，最多只會煮個麵。以前我們住在一起的時候，幾乎每天都是我下廚。

他嘴挑得很，很多東西都不吃。平時為了讓他吃得健康，且不挑食，我時常向老媽偷師，纏著她把自己平生所學的廚藝都教給我。

好在他雖然嘴刁，但我做的菜他還蠻給面子的，每頓飯都吃得津津有味。

書上說，喜歡一個人就是想和他一起吃很多很多頓飯。你洗的每把菜，淘的每粒米，甚至每翻動一次鏟子，都是為了他。

當愛情融入柴米油鹽醬醋茶這些生活瑣事中，兩個人依舊相看兩不厭，依然認定彼此就是自己想一生相伴的人，這樣的愛情，要比那些你濃我濃時的甜言蜜語來得真誠可貴。

這樣的愛情，我曾經也擁有過。

02

在他家稍做停留，幫他整理好屋子後，我便回去了。

臨走前，我打電話給他，說我來過他家，現在要走了。他說怎麼不提前告訴他一聲，好讓他有個準備。

在路上，他傳訊息給我，問我有沒有幫陽臺上的多肉澆水，他出門時太匆忙，忘記了。

我說：「沒有，我沒注意到陽臺上有盆栽。」其實我看到了，有兩盆，都長得很好，葉子胖胖的，看起來很可愛。

「妳走後不久就養了，有兩盆。」他說。

我有些意外。平時那麼粗心大意的一個人，連自己的衣服放在沙發上還是衣櫃裡都需要我提醒，卻在我走後養了植物。

「看著它們，我總會下意識就想起妳。」嘈雜的公車上，他的聲音低沉溫潤，一字一句都深入我心。

聽到他傳來的語音訊息，全身上下的血液都在沸騰叫囂著，它們似是在叫我回去找他：回去吧！回去吧！

我也想調頭回去啊！可是車子已經啟動了，而且他不在家。他不在，我回去，意義何在？況且這一次，我是來跟他告別的。離開的時候我已經把鑰匙放在鞋墊下，還給他了。

從今往後，我和他，也不過就像千千萬萬生活在同一座城市，卻永遠不會相遇相識的陌生人罷了。

就像歌詞裡說的一樣：當初我自茫茫人海中獨獨看到你，如今再把你好好地還回人海裡去。

明天的路，你不要怕。我走了。

03

昨天從他那回來後，我又一個人去看了電影。

這部電影未上映前，我們本來說好要一起去看的。奈何電影還沒開播，我們就已經走散了，分手了。

螢幕上，楊子珊飾演的如意和趙又廷飾演的富春在南極上演了一場人間絕戀。電影劇情一幀幀往後推，讓我印象最深的一幕是在小木屋裡，如意跟富春講那個「相濡以沫」的故事。

兩條魚被困住了，互相用口水滋潤著對方。與其這樣，不如回到江河裡，忘了對方，尋找各自的幸福去。

相濡以沫，不如相忘於江湖。

富春說莊子兄弟說反了，相忘於江湖，不如相濡以沫。

他說無論環境是好是壞，無論是富貴是貧賤，無論健康還是疾病，無論你變成什麼樣，我都會愛著你，直到死亡將我們分開。

茫茫雪海前，她卻說我不願意。她說我喜歡這裡，但是我身邊沒有你的位置。

電影結束後，如意念的那首詩一直在我耳邊徘徊：

當我安息時，我願你活著，我等著你。
願你的耳朵繼續將風兒傾聽，
聞著我們共同愛過的大海的芬芳。

04

走出電影院，我去了幾個之前我們常去的地方。回到家，已是晚上了。

他傳來訊息說：「已經回來了，剛到家。我回了老家一趟，家裡替我安排了相親對象。」隔著螢幕，我都能感覺到他說出這句話

時的掙扎與無奈。

我沒有責怪他，也沒有安慰他。「飯在冰箱裡，熱熱就可以吃了。」說完，我退出了聊天介面。

我不怪他去和別人相親，畢竟我們已經分開了，只是覺得很心疼。驕傲如他，也不得不在現實面前低下頭。

只因人在風中，聚散不由彼此。

睡覺前他打電話過來，問我下次什麼時候去看他。我說：「今天是最後一次了，以後都不會去了，鑰匙我已經放在門口的鞋墊下了。」

他嘆了口氣，說：「好，我知道了。」

我要他最後再唱一首歌給我聽，唱完，他說一句晚安，便掛掉了電話。我還沒來得及說一聲再見，就再也聽不到他的聲音了。

躺在床上，我一遍又一遍地回憶著我們之間發生過的所有事情。從初遇時的不歡而散，到再見時慢慢變得融洽，再到後來的相知相伴。

一切看起來都那麼美好，卻也那麼短暫，稍縱即逝。

05

我好像做了一個夢。

夢中，我穿著潔白的婚紗，他穿著筆挺的燕尾服。他從爸爸手中接過我，為我戴上戒指，還說要一輩子疼愛我，照顧我，不讓我受半點委屈。

我挽著他去向來賓敬酒，每走一步，心裡的幸福就多一分。

夢醒時分，枕頭已被淚水打濕了一大片。看一眼時間，凌晨兩點，離天亮尚早。想繼續重溫一下夢中的情節，卻輾轉反側，一夜無眠。

這個夢很短，但足以讓我完成在現實生活中無法實現的心願。至少在夢裡，我們是相濡以沫的，而不是相忘於江湖。

也只有在深夜裡，我才敢放縱自己，才敢毫無顧忌地瘋狂想念他。然而我也明白，黑夜不可以永遠，無聲的思念過後，我還是要回到沒有他的生活中去。

他有自己的路要走，我也要繼續自己腳下的路。無法相擁的人，要好好道別。

聽別人的歌，流自己的淚

這些年，她看電影時會買兩張票；吃飯時會找雙人座。
她總想著萬一他會突然出現呢？
可事實上，一直以來，她都是一個人。

01

　　秋末冬初的季節，小城迎來了冬季的第一場雪。

　　結束晚班後的林伊，正走在回家的路上。入夜後的街道，空無一人。好在林伊住的地方，離醫院不遠，幾分鐘即可到達。

　　林伊是一名醫生。她熱愛這份工作。在同事和病人家屬眼裡，林伊勤快，待人和善。大家都很喜歡她。

　　原本醫院是有為她安排住宿的。但林伊喜愛安靜，便索性自己在醫院附近找房子住。

恍惚間，她已經在這座城市待了五年了。五年，近兩千多個日日夜夜。

原以為，離開家鄉，逃到異鄉，便可將他淡忘。殊不知，即便時光荏苒，烙在心上的人，卻依舊割捨不下。

走在馬路上，從背包裡掏出手機，塞上耳機，林伊張開雙手，單腳撐地，一路蹦蹦跳跳。

我們只是共用了幾個故事，對你來說也許是平凡小事，

說出的字，一秒就成了歷史，我只想緊抓著不讓它流逝，

我們其實才是最適合彼此，多想讓你知道我此刻心事……

——〈還想聽你的故事〉，作詞：謝春花

歌聲緩緩從耳機傳出，歌詞一字一句，像利刃一般，劃過林伊的心頭。

深深淺淺，字字錐心。

我們其實才是最適合彼此。妳比我自己還要懂我。伊伊，能遇見妳，是我這輩子最大的幸運了。伊伊，我以後定不負妳。

這樣的承諾，他常說。這樣的甜言蜜語，她常聽。

那時候的他們，都以為彼此會是對方攜手一生的伴侶。那時候的他們，憧憬愛情，愛得轟轟烈烈。

可他們都忘了，校園裡的純真感情，抵不過社會現實的殘酷。

承諾太美，終究是因為他們太年輕了。

02

　　大學時，林伊學的是醫學，陸遠學的是設計。面對考研究所和工作，他們都選了後者。

　　一室一廳的小小租屋處，是他們在陌生的城市裡，唯一的歸宿。房子雖小，但林伊卻視若珍寶。臥室的床，客廳的地板，廚房的用具，都由她精挑細選。

　　陸遠喜歡藍色，林伊便把睡房的牆壁，全粉刷成海藍色。陸遠吃不慣公司的伙食，林伊便每天都在下班後，匆忙跑往菜市場購買食材，回家做飯。

　　有時候結束了一天的工作，已經累到不想動了。但一想起在吃外送，或者到外面的餐廳吃飯時，陸遠高皺的眉頭，林伊只能無奈搖搖頭，默默趕車去買菜。

　　「陸遠，你嘴這麼刁，誰能伺候得了你啊？」

　　「不是有妳嗎，傻瓜。」

　　「唉，也就我這苦命女子，每天下班回來還得像個管家一樣累死累活的。」

　　「伊伊，辛苦妳了。妳放心，等將來我工作穩定了，保證讓妳享清福。」

　　「哈哈，我開玩笑的。能為你洗衣做飯，是一件很幸福的事情。我很樂意，陸遠。」

　　只要你開心，再苦再累，我都願意。看著眼前的人，林伊眉目溫柔。

日子過得是拮据了些，但陸遠從沒虧待過她。他們在一起的這幾年，每個節日，紀念日，陸遠都會費盡心思為林伊準備禮物。

　　林伊偏愛紫色，喜歡裙子，愛吃蛋糕。因而，每到她的生日，陸遠都會送她一件紫色裙子。

　　及膝長裙，窈窕佳人，皆為陸遠心中所愛。

　　林伊還喜歡聽歌，她最欣賞的歌手是薛之謙。陸遠對他也讚賞有加，喜她所喜。

　　在學校的時候，宿舍東邊的情侶路，常有他們坐在石凳上，一人一只耳塞，共用一首歌的身影。

　　陸遠的歌單裡，除了周杰倫，最多的要數薛之謙。而林伊的歌曲庫裡，只有薛之謙。

　　那個時候，薛之謙還沒有現在這麼有名。但他的每首歌，林伊都極愛。從〈認真的雪〉、〈黃色楓葉〉、〈方圓幾里〉到〈意外〉、〈你還要我怎樣〉、〈紳士〉。每一首聽過的，歌詞都被林伊刻在腦海裡。

　　「我是一個俗人，沒有太大的理想和抱負。從小到大，很多東西，我也懶得去和別人爭。因為我知道，真正屬於我的，別人搶不走。那些能被搶走的，從來都不屬於我。

　　但直到遇見你，我有了貪念，有了奢望。此生，我有兩個心願。一是能和你攜手白頭，二是在有生之年，能去聽薛之謙的演唱會。

　　若是這兩個心願你都能滿足我，那我們就在一起。」

　　在陸遠捧著滿天星，單膝跪地向林伊表白時，她摀住了自己的耳朵，不去聽旁人的起鬨，只遵從自己的心。

她要的不多，一個知心愛人，一個前進的動力。這兩樣，足矣。

　　「第一個條件，我用時間和行動來證明。第二個嘛，我以後會努力賺錢，我們一起去聽演唱會。」

　　聽到陸遠的回答，林伊伸手接過他懷裡的滿天星，拉起他的手一路跑到操場。

　　躺在草地上，右手抱著花，左手被陸遠緊握在手裡。那一刻，林伊是幸福的，滿足的。

　　陸遠也如他當初承諾的一樣，用實際行動證明著他對林伊的愛。

　　在一起的幾年裡，他們沒爭吵過。他們有很多共同的興趣愛好：看書，聽歌，旅行。

　　剛在一起不久後，林伊的第一個生日，陸遠送了她三本書。這三本書，都是同一個作者寫的。這個作者，名叫大冰，是一位酷愛民謠，喜歡到處行走的寫書人。

　　在《乖，摸摸頭》一書中，林伊最喜歡大冰說過的一句話是：請相信，這個世界上真的有人過著你想要的生活。忽晴忽雨的江湖，祝你有夢為馬，隨處可棲。

　　大四畢業時，林伊用自己打工賺的錢，買了兩張火車票，和陸遠去了一趟雲南。

　　說走就走的旅行，向來是林伊心中所盼望的。

　　他們在雲南待了十天。旅行的第一站是蒼山洱海，最後一站是大冰的小屋。

　　在洱海邊，陸遠彈著吉他，哼著大冰的民謠〈陪我到可可西里

去看海〉。林伊身著碎花長裙，及腰長髮和裙擺在晚風中飛揚。

伊人如斯，動人心魂。

「現在我們是在洱海，你怎麼唱可可西里？」走到陸遠身旁，林伊輕聲笑道。

「不喜歡，嗯？」放下吉他，陸遠一把捉住林伊的手，把她攬入懷抱。

「喜歡喜歡，只要是你唱的，我都喜歡。」把玩著陸遠的手指，林伊搖身變成他的小迷妹。

以後一定會帶妳去可可西里的，伊伊。撫弄著林伊的秀髮，陸遠暗自發誓。

海風迎面吹拂而來，林伊踮起腳尖，趁著陸遠不注意，偷偷在他右臉烙下輕輕一吻。

最後一抹殘陽的餘暉中，林伊和陸遠的身影，投射到地面上，相依相偎。

03

離開之前，他們去了大冰的小屋。

在火塘邊，林伊見到了大冰在書中的好友：老兵。果真如書中所述，高高瘦瘦的。在小屋坐了一個小時，聽老兵講了幾個小故事，說了幾則笑話，還喝了大冰親手倒的酒。

起身告辭時，林伊湊到大冰跟前，跟他說了一句話：「陪我來的這個人，是我男朋友。希望下次再見時，可以請你喝喜酒。」

「小姑娘，祝妳幸福，等著妳來請我喝酒。」臨走前，大冰在林伊帶來的書上，簽了名，還附上一聲祝福。

帶著對生活的熱情，還有對未來的期待，林伊和陸遠兩人，走出了象牙塔，走入了社會。

林伊讀的是醫科，畢業後的她，順利在一家醫院當起了醫助。而陸遠呢，在家待命了將近一年的時間，才找到工作。

他學的是設計，專業不錯，但技術不到家。一般的公司，他看不上。那些知名公司，他的才華配不上。低不成，高不就。一拖再拖，轉眼便一年。

沒有工作，他心裡也不好受。打遊戲，抽菸，喝酒，甚至夜不歸宿，都是家常便飯。

一年裡所有的花費開銷，全靠林伊一個人扛。僅憑她那點單薄的薪水，想要支撐起一個家，談何容易。

為了讓陸遠能專心找工作，不要有負擔，林伊常常在下班後去兼差賺外快。

一年下來，臉上的膠原蛋白早已消磨殆盡。體重下降，黑眼圈一天比一天嚴重。

再忍忍吧，再撐一下吧。等他找到工作就好了。在多少個累到想哭的深夜，林伊總是這樣安慰自己。

再撐一下下就好了。等陸遠找到工作，就可以不用去兼差了。林伊，妳是最棒的！

可笑的是，最棒的林伊，最終還是失去了陸遠，輸掉了所有。

「伊伊，我有話想和妳說。」除夕那天晚上，還在醫院值班的林伊，接到了陸遠的電話。

一年過去了，陸遠依然沒有工作。他的頹廢，墮落，還有不甘，林伊都看在眼裡。她能做的，就是盡自己最大的能力，撐起這個小家，護他衣食無憂。所以她每天都很忙。忙著上班，忙著兼差。就像今天一樣，都除夕了，她還在醫院加班。

「嗯，我現在正在忙。等回家後，我們再說，好嗎？」吞掉最後一口飯，林伊準備掛電話。

「等我說完妳再忙吧，就一句話。」電話那頭的陸遠，聲音有些疲憊。

「那好，你說，我在聽。」放下筷子，林伊撩起散落在耳邊的頭髮。

「我們分手吧。」停頓了好一會兒，像是鼓足勇氣後，陸遠才緩緩開口。

「給我一個理由。」碗裡剩下的湯汁被打翻，流到桌面上，可林伊卻渾然不覺。

「我累了。就這樣吧。」說完，掛掉電話。

林伊以為陸遠是在開玩笑。

其實在他沒有工作的這一年裡，陸遠不止一次和她提過要分手。他覺得自己是個累贅，不想拖累她。

但林伊每次都說：「陸遠，你要記住，當初是你先追我的。說要和我相伴到老的人是你，要帶我去聽演唱會的人，也是你。我知

道你現在沒有工作，心裡不好受。但我相信這只是暫時的。我相信你，你也要相信自己。」

這麼久都過來了，他只是在說氣話而已。他不會離開我的。下班後，林伊一路往家狂奔，嘴裡反覆唸著這句話。

除夕夜，家家戶戶都在吃團圓飯。但林伊到家的時候，見到的卻是陸遠拖著行李箱，準備離開。

站在他面前，林伊竟說不出來話。她目不轉睛地盯著陸遠，像一座雕像一樣，立在他跟前，一動不動。

「鑰匙給妳，我走了。」看了一眼呆住的林伊，把鑰匙放到她手上，陸遠轉身離去。

「陸遠，你真的不要我了嗎？真的要走嗎？」把鑰匙緊緊攢在手裡，林伊向著陸遠大聲喊道。

沒有回答，沒有聲音。彷彿周遭的空氣全都凝固了。只有飄落的雪花，和雙眼通紅，手腳麻木的林伊。

「陸遠，你有愛過我嗎？」林伊扔下鑰匙，跑到陸遠面前。

掙開林伊的手，陸遠低頭走去，頭也不回。

05

大雪紛飛的除夕夜，林伊做了一大桌子的菜，全都是陸遠愛吃的。

換上陸遠送的紫色長裙，拿出同事送給她的紅酒，林伊在飯桌前，一坐便是一夜。

次日清晨，林伊打電話向醫院辭職，然後收拾行李，離開了租屋處。

她帶走的東西不多。衣櫃裡的裙子，她只帶走身上穿的那一件。她和陸遠之前所有的照片，生活用品，她一樣都沒要。

就讓這些東西，和這個人，這段感情，一起都留下來，留在過去，變成回憶吧。

離開後，林伊去了北方。

在那座每年都會下雪的北方城市，林伊生活了五年。

五年，從醫助到醫生，從小套房到單身公寓。林伊變了，她身上的稜角，被生活和工作，一點點磨平了。

唯一沒變的是，林伊還是一個人。

06

在醫院，優秀的年輕醫生不少。加上她人緣好，連病人家屬都想為她介紹對象。

但都被她一一婉拒。

我有男朋友了。每次有人想約她，她都以此為藉口拒絕。

只有她自己知道，她忘不掉陸遠。那個說好要陪她很久很久的人。

今年，薛之謙開演唱會的時候，林伊去了。她一個人去的，但還是買了兩張票。

這些年，她看電影時會買兩張票；吃飯時會找雙人座；哪怕是

最後一趟末班車，她都會占兩個座位。

她總想著萬一他會突然出現呢？可事實上，一直以來，她都是一個人。

在現場，薛之謙為前女友唱了歌，說了再見。林伊坐在底下，安靜地聽完。她羨慕這個女人，羨慕她能讓臺上這個閃閃發光的人如此念念不忘。

越不正經，越深情。

演唱會結束後，等所有人都散去，林伊才起身離開。

「陸遠，你好。陸遠，再見。」對著空蕩蕩的舞臺，林伊大聲吼著。

「再見了，陸遠。」

嘴裡說著再見，卻一路走，一路掉眼淚。

07

回憶被寒風吹醒。

回到家門口，林伊扔下背包，摘下圍巾，脫下灰色羽絨外套，躺在雪地裡。

雪花簌簌飄落，落在地上，落在林伊身上。歌聲還未停下，只是從上一首換到了下一首。

如果我帶你回我北方的家，讓你看冬天的雪花，
你是不是也會愛上它，遠離陽光冰冷的花。

如果我帶你回我北方的家，帶你回憶過去的年華。

如果你願意愛我的話，那我們明天就出發。

　　　　　　　　——〈遠在北方孤獨的鬼〉，作詞：花粥

一曲完畢，林伊慢慢閉上眼睛。

陸遠，此刻你會在哪裡呢？你的身旁，有人陪嗎？你是否還記得，曾經那個愛你的我？

此刻，是不是只有我在思念的沼澤裡掙扎？

亦舒曾說：「人為感情煩惱永遠是不值得原諒的，感情是奢侈品，有些人一輩子也沒有戀愛過。戀愛與瓶花一樣，不能保持永久生命。」

今天的我不值得被原諒，但為你流的淚，總會有乾的一天。

我們相愛過，即使沒結果

**不要驕傲你被多少人喜歡過，值得驕傲的是，
你自己用心去愛過幾個人。**

01

遇見他的那一年，我二十二歲。他二十五歲。

在一起一年後，我去了他所在的城市，去見他。

「我在這裡，等妳來。」這是他最常對我說的一句話。

我在這裡，等你來。

等等我，我一定會去見你。

二十二歲，我第一次出遠門。車票，是他訂的。在哪裡上車，哪
裡是終點站；下車之後在哪裡等他，他幾點到；如果他臨時沒辦法去

接我，我該怎麼走，去哪裡等他；見到他之後，我們會去哪裡玩。

　　所有的問題，他都提前想好了解決方法。而我需要做的，就是把自己平平安安地帶到他面前，投進他的懷抱。

　　偌大的火車站裡，轟鳴的車聲，嘈雜且熙攘的人群，所見到的一切，在我看來都是陌生的。拽著背包，踏上車廂，直至火車啟動，我才意識到，我要離開自己生活了二十幾年的地方，去遠方見我日思夜想的人了。

　　一路從南到北，將近十小時的車程。第一次坐火車，我對車窗外的所有景物，都無比好奇。我不停地和他說我看到的房屋、農田、電線桿，還有那些飛快倒退的樹木。他笑我太激動了，要我安心入睡，再次醒來就能見到他了。

　　我怎麼還睡得著呢！一想到很快就可以見到他，我感覺全身的血液都在燃燒，心臟噗通噗通跳個不停。

　　很多年之後，每當一個人坐火車去很遠的地方。我總會習慣性單手托腮，睜大眼睛看著車窗外的一切。就像當初什麼都不懂的好奇寶寶一樣。

　　一夜的興奮在抵達終點站時顯得更高漲。滿身的疲憊因為相逢的喜悅一掃而空。睜著惺忪睡眼，下車之後，我一路往車站外狂奔。

　　他如自己所料想的那般，沒空去接我。奇怪的是，我竟沒有生氣，反而還為他的忙碌找理由。

　　「妳怎麼那麼傻呢？為什麼要自己一個人跑去見他呢？為什麼不是他來見妳呢？」這件事過去很久之後，朋友問我當初為何那麼勇敢？

「誰知道呢？可能是被迷了心智，失了心神，見鬼了。」我打著哈哈，自損的同時又心疼自己。

是啊，那時候怎麼就那麼勇敢？隻身一人去千里之外的地方見一個人呢？

因為愛啊！因為深愛他啊！因為愛，所以勇敢。因為愛，所以奮不顧身啊！

02

我在他工作的地方待了三天。

那時正值冬季，是個看雪的好時節。而我，一個土生土長的南方人，從小便對那皚皚白雪有著無法言喻的歡喜和眷戀。

那三天，他帶我去看了雪。雪地裡，我們手牽手，肩並肩，從起點走到終點，走了一段很長很長的路。

漫天飛雪，彷彿見證了我們攜手白頭的諾言。

我幫他拍照，他忙著幫我堆雪人。沒有鼻子，沒有嘴巴，連眼睛都沒有的雪人，身邊還站著一個身穿深灰色羽絨外套的他。

這一張照片，一直存在我手機裡。後來無論換過幾次手機，更新過多少功能，刪減了多少東西。這張圖都一直在，沒有被我刪去。

〈獨照〉裡有一段歌詞：記憶是照片，總不停拿出來翻閱。就算哭瞎了眼，流乾了淚，愛從未熄滅。

而雪地裡，我們唯一的一張合照，也就此成了我們彼此之間相愛過的唯一證明。

我們曾經愛過，即使後來沒有結果。

03

三年的時間，我們的感情就走到了盡頭。

相識，相知，相愛，再到相分，相離，最後形同陌路。這對於別人而言，或許需要一生的時間。但我和他，僅用了三年的時間便完成了。

如果說我無法忘卻我們第一次見面時的激動和欣喜。那最後一次見面的無言和悲痛，我也將永生難忘。

我們最後一次見面，是在我出生的城市——南城。這座城市，見證了我成長過程的每一個階段。見過我的成功與失敗，見過我最美的樣子，當然也不會漏掉我最狼狽的模樣。

巷角咖啡屋裡，我們面對彼此落座。他連一口咖啡的時間都不肯留下，便張口就提分手。

最愛的拿鐵，滑過舌尖，帶著滿腔苦澀哽咽在喉嚨裡。被右手打翻的瓷杯，狠狠砸落在木製地板上，碎了一地。

「你坐了這麼久的車，就是為了來和我說聲再見的嗎？」努力壓下心口的苦澀，我抬頭問他。

他沒有說話，眉頭緊皺，臉色很難看。想來他已經幾夜沒安穩的睡覺了。是為了這件事，他猶豫掙扎了嗎？我在想。

「這些，都是妳留下的。現在，我物歸原主了。」他從隨身攜帶的包裡拿出一個信封。信封裡鼓鼓的。不用猜我都知道，那是我之

前放在他那裡的車票和平時收藏的一些郵票。

「為什麼？」我接過他遞過來的包裹，發現他手心全是汗。

「妳很好，但我給不了妳想要的生活。對不起，我累了。」他像做錯事的孩子，低著頭。

坐在落地窗邊，我們相對無言。凝固的氣氛，彷彿也預告了這段感情的最終結局。

「真的就這樣了嗎？你真的不想繼續下去了嗎？」

「對不起，我累了。」他雙手抱頭，一副痛不欲生的樣子。

「嗯，沒關係。以前總是我去見你，現在你難得來一次，多逛逛再回去吧。」看著他那麼痛苦，我一時沒了方向。

如果想放手，不想再愛了。那我走便是，你別皺眉。

04

臨走前，我送他去車站。

同樣是月臺，同樣的火車，不同的是，這一次，不是久別重逢，而是後會無期。

後來，朋友問我：「妳不是很愛他嗎？怎麼當時不挽留他？」

當你發現你一直深愛著，且以為對方也同樣深愛你的人，原來對你絲毫不了解，甚至是從未了解過、懂過你時，你還會去挽留嗎？

你會嗎？我，不會了。

後來他也問過我：「為什麼分手的時候，妳那麼平靜？沒有哭鬧，也沒有罵我？」

「因為我深愛過啊，即使愛得很不值，很盲目。」這是我給他的回答。

送他離開的那天晚上，我拽著鼓鼓的信封，一路跑回家。拆開包裹，一張張火車票和郵票，安靜地躺在信封裡。

也唯有這一疊疊的車票，能證明我愛過。深愛過，儘管愛得很吃力，很辛苦。

不記得在哪裡看過一句話：不要驕傲你被多少人喜歡過，值得驕傲的是，你自己用心去愛過幾個人。

所以我覺得很慶幸，慶幸自己還有愛人的能力。

05

故事到這裡，已經是結局了。

從落筆到結局，我寫了好久。反覆寫，反覆刪。刪刪減減，反覆琢磨。可能表達得不夠好，我已經盡力在表達了。

時隔經年，再次憶起往事，再次去觸碰那道傷疤，我依然清晰地感受到它的疼痛。

故事裡的他，我沒有取名。就讓他，和這個故事一起，隨風散去吧。

那些埋藏在時光深處的過往，以及曾經的一張張火車票，還有為他而剪掉的長髮。所有與他有關的一切，忘了的就忘了，忘不掉的就一直記著吧。

就這樣吧。

你回來了，可我不再愛了

士兵等在公主窗下九十九天，卻在最後一天轉身離去。
我守在這座城，也只為了最終能離開這座城。

01

十月的南城，凌晨迎來了今年的第一場秋雨。

傾盆大雨過後，空氣中散發著絲絲襲人寒意。一場秋雨一場寒。此時，教堂裡正在做禱告的人，大多都換上了長衣長褲。

唯有站在靠窗右側的林惜，依舊是一副夏裝打扮。

初升的太陽光線，透過樹梢折射在她身上。柔順的長髮，潔白的連身裙，頷首雙手合十的模樣，沐浴在光暈中的林惜，給人一種無比虔誠的感覺。

其實不然。若非時間不對，地點不對，林惜是想罵人的。

今天一大早上的就被鬧鐘吵醒。一向有起床氣的她，在心裡默念了十遍「不要生氣」才勉強把自己的心情收拾好。

禮拜天，又是每週必去教堂的日子。

看著日曆上的紅圈，林惜一時間慌了神。多少年了，也沒見你回來。如果上帝真的能聽見我的心聲，那你也是時候回來了吧。

林惜沒有宗教信仰。但自七年前那件事後，她每個禮拜日都會去教堂禱告。

準時準點，風雨無阻。

很多時候，她自己都想不通為何會如此執著。但只要是為了他，一切都變得順理成章了。

就像這些年，她一直捨不得離開南城一樣。這裡不見得有多好，但她就是不想走。別的地方再好，她也不想去。

不為別的，只因為這裡是他的故土，是他成長的地方。

願為一個人，留守一座城。

02

做完禱告，林惜打車去了一個地方。

今年的秋季，來得比往年稍晚些，但並不妨礙身為季節報信者的那些樹葉們的先知能力。長得望不到盡頭的階梯兩旁，火紅的楓葉，紅得耀眼。滿地的紅，灼熱與溫暖，同時間充斥著林惜的身心。

還是這裡好啊。雖然身上僅穿著一件短袖連身裙，但林惜並不覺得很冷。

每年的秋季，林惜都會到這裡來。

七年前，她和蘇南一起來。從第七年開始，她自己來。

無論颳風下雨，她都會來。如果是晴天，她就爬上階梯的頂端，吹吹風，看看風景。若是遇到下雨天，也沒事。下雨的話，就撐把傘，站在階梯前，看一看四周的楓樹。或者什麼都不做，就那樣靜靜地，聽聽雨聲也是不錯的。

在這二十幾年的前半生裡，林惜心裡有許多執念。

沒遇到蘇南之前，她每年也會在秋季去階梯上賞楓葉。遇到蘇南之後，蘇南便代替這些東西成了她心中唯一的執念。

蘇南走後，教堂和階梯，成了她每年必去的地方。

去教堂，是為了祈禱蘇南的歸期。去爬階梯，是為了給自己一個不放棄的理由。

無論前者還是後者，都還是因為一個人。

一個叫蘇南的人。

03

「蘇南！你今天要是踏出這個門，以後就別回來了！」

客廳裡，林惜披頭散髮，紅著雙眼對正在裝行李的蘇南大聲吼叫。

蘇南沒有搭話，只顧著往行李箱裡搬東西。飛機還有一小時就

起飛了，他沒時間和這個瘋子一般的人吵架。

「蘇南！我說了不準你走！不準走！」一個猝不及防，林惜把茶几上的馬克杯摔在地上。

「砰」的一聲響，馬克杯碎了一地。碎片飛到林惜腳邊，白皙的皮膚上頃刻間溢出殷紅的血液。

對於疼痛，林惜渾然不覺。她只知道，眼前的這個人，不能走。這個人，不能離開。

蘇南停下手中的動作，回頭看了林惜一眼。但也僅限於一瞥，便又繼續自己的事了。

彎腰拾起地上的一片楓葉，林惜把它放在掌心，細細端詳。紅得彷彿可以滴出血的葉子，安靜地躺在掌心裡。

這雙手，抓住了不少東西，可怎麼就是握不住他呢？握緊拳頭，林惜問自己。

「林惜，我們已經結束了。結束了，妳懂嗎？」收拾好東西，蘇南終於開口和林惜說話了。

「不！沒有！」林惜用手捂住耳朵，使勁搖晃著腦袋。

「我們沒有結束。沒有，蘇南。」她抬起頭，用模糊的雙眼，一眨不眨地看著站在自己面前的蘇南。「我還愛著你，你也愛著我。我們沒有結束。」林惜蹲在沙發旁，聲音漸漸弱下去。但她嘴裡還在嘟囔著：「我們沒有結束……」

蘇南不再繼續搭腔。再拖下去時間就來不及了。還有人在等自

己呢。環視了客廳一圈，他拖著箱子準備開門出去。

「蘇南，你為什麼要走？為什麼非走不可？」林惜從地上站起來，問他。

門把上的手一頓，蘇南有些錯愕。同是一個人發出來的聲音，但卻截然不同的兩種語氣。

就在前幾分鐘，林惜的聲音還是充滿怒氣和怨恨的。但此時此刻，除了冷漠，淡然，她的語氣裡更多了些許釋然。

她在用一種近似於事不關己的語氣，問蘇南執意要走的原因。

因為此時的林惜，她知道，她明白，一心想離開的人，是留不住的。

04

今天天氣正好。微風，暖陽，花香。

林惜撿了不少楓葉。她想把這些落葉製作成標本，夾在書裡，或者收藏起來。

不知道他那邊，會不會也有這麼好看的樹葉呢？把葉子裝好，林惜自言自語地說著。

七年前的那個雨夜，蘇南頭也不回地離開他們共同生活了五年的家，也離開了她。她不顧形象地挽留他，但終究還是留不住。

「林惜，妳覺得我們這樣下去還有意義嗎？每天除了吵還是吵。妳不累嗎？」

「當初妳和我表白的時候，我就說過我們不適合。妳看，事實

證明，果真如此。」

收回門把上的手，蘇南折身回到客廳，擁抱了一下林惜。「照顧好自己，我走了。」他說。

可是這五年我們不都過來了嗎？我哪裡做得不好，你告訴我，我改。垂在褲腿邊的雙手，抬起，又放下；握緊，又鬆開。

然而，想說的話，被咽下去。張開的手，又縮回去。

「一路順風，到了那邊打電話給我。」鬆開寬厚的懷抱，越過肩膀，走到門口，林惜親自打開門，目送蘇南離去。

這大概是我做過的最酷的事了。走在鵝卵石鋪就的小道上，踩著乾枯的落葉，林惜不禁鼻尖泛酸。

秋風不解語，故人仍未歸。

05

蘇南離開的那晚，林惜在等他的消息。

可是等了好久，都沒等到。

連報平安都不想和我說了嗎？手裡翻著僅有的幾張合照，眼睛像壞掉的水龍頭一樣，不停地往外噴水。

蘇南，照顧好自己，我等你回來。

蘇南，你胃不好，不要喝太多酒。

蘇南，你放心，我會照顧好自己的。

蘇南，別忘了，我在等你。

每天一則簡訊，林惜持續了兩年。

蘇南的SNS還在不時更新著，但林惜的訊息，他從來沒有回覆過。一次也沒有。

可是林惜已經習慣了每天都和他說話。說她去了什麼地方，做了什麼事，看到了什麼有趣的人，吃了什麼好吃的東西。

她的生活，她的日常，她都和他說，無論大小。他不會回應的，她知道，但是她已經習慣了啊。這個習慣，早在七年前就已然形成了。

這些年裡，林惜去過不少地方。不過不管走多遠，她最終都還是會回到南城落腳。

這座城市，空氣不怎麼好，交通也不是很便利。但林惜就是不想離開這裡。

她有太多理由離不開這裡了。

這裡是蘇城生活過的地方，這裡有她熟悉的同事，這裡有她愛吃的食物……

這裡有的東西太多太多，卻唯獨缺了她要等的那個人。

06

天色尚早，林惜打算在階梯附近的餐廳吃完晚飯再回去。

剛走出公園門口，包包裡便響起熟悉的鈴聲。螢幕上的來電顯示，是國外的號碼。

會是他嗎？林惜愣住了。想接，卻害怕失望。想按掉，可又怕

錯過。

鈴聲依舊不依不饒。猶豫片刻後，還是劃下了接聽鍵。

「惜惜，是我。」那人，那音，那些過往的點滴，那間排山倒海，洶湧而至。

多久了？有多久沒聽到這個名字了？多久沒聽過他的聲音了？

「惜惜，我回來了。」低沉的語氣，近似懺悔，又似在呢喃。

「嗯。」翻江倒海後，林惜突然心平氣和。曾幾何時，時間已經漸漸模糊了他的面容，也淡化了她的愛。

「惜惜，對不起。」蘇南向她道歉。

有什麼可抱歉的呢？當初走得那般決絕，連一個眼神都吝嗇。現在才來說對不起，是否晚了些。

「惜惜，我回來了。」他說道。

「蘇南，還記得七年前你離開時說過的話嗎？你說我們之間繼續下去是沒有意義的。你說你累了。」

呼出一口氣，林惜朝著餐廳的反方向走去。這頓飯是吃不下去了，還是早些回家的好。

「蘇南，我等了你七年。若是換成別人，我早就放手了。你給了我太多別人給不了的東西。但凡事都有個期限，我懂得。而如今，你我的這段緣分，也是時候走到盡頭了。」

憋了好久的話，一下子全倒出來。林惜覺得心裡舒暢了不少。

說不夠愛也好，說寡情也罷。這七年的等待，就當還給他曾經給過自己的愛與溫暖了。不管那些愛，那些溫暖，是真心的還是假意的。

踩著腳下的殘葉，林惜突然間想離開這座城市了。

「蘇南，再見。」掛掉電話，林惜拔出電話卡，扔到路邊的垃圾桶裡。

今晚就走吧，這裡已經沒有什麼值得留戀的了。

等了那麼多年，深埋於心的執念，卻在聽到他聲音的瞬間裡，全都釋懷了。

士兵等在公主窗下九十九天，卻在最後一天轉身離去。

我守在這座城，也只為了最終能離開這座城。

再見了，蘇南。

再見了，南城。

07

回到家，收拾好行李，乘著晚風，林惜離開了這座生活了將近十年的城市。

有不捨，有牽掛，但更多的是釋然。

在火車啟動的前一秒，林惜更新了七年未曾登錄過的部落格。

一堆未讀的訊息。不過她也不想去看了。之前發過的內容，早被刪得一乾二淨了。

她知道這則訊息發送出去後，他會看到。但她就是想給他看。她就是想告訴他，雖然他回來了，可是她要走了。

你回來了，可是我已經不再愛了。

後來，我再也學不會主動了

走吧，有些等待，只是一廂情願。

燈火已闌珊，歸途上，只有你自己，人家都沒留你吃飯，再不回去就晚了。

01

　　之前在網路上看過一個話題，是男生問女生的：妳們真的不喜歡主動嗎？即便很在乎？

　　有的女生說：寧願錯過也不會主動，哪怕很在乎。

　　也有女生說：會啊，對於喜歡的人就很主動。

　　最底下的一個女生說：主動過，累過，後來再也學不會了。

　　把所有留言都看一遍，再回頭翻看另一個問題，是女生問男生的：對於主動的女生，你們怎麼看？

很多男生都說不太喜歡主動的女生，因為如果是自己喜歡的，用不著對方主動。但也有一些男生說喜歡，因為覺得主動的女生很可愛，很勇敢。

看完底下的留言，這一次，我沒有留言，但給一句話按了讚：主動過，但累了，後來就再也學不會了。

02

前些天和一位大叔聊天。

他開玩笑說：「怎麼你們現在這些年輕人都這麼主動的嗎？」

我問他：「何以見得？」

他回：「我之前在一個KOL的文章底下留下自己的帳號，然後那一整天都有很多人來加我好友。」

我說：「那不是很好嗎？你都快變成『油膩大叔』了，還有人來撩你。」

他笑笑，說：「你聽過那個故事嗎？燈泡滅了，我仔細檢查了一下，鎢絲並沒有斷。我重新按下開關，燈泡閃了兩下又滅了。我問，你怎麼了，不開心嗎？燈泡回答，等一下，有隻蛾在窗外看我好久了。我說，那不是很好嗎，有人看得上你。燈泡說，我不是火，別讓她看錯了，誤了人家一輩子。」

我說：「我聽過啊，還反覆看了好幾遍呢。」

然後他問我：「那妳呢？怎麼不見妳主動？」

我被問住了，愣在那裡許久，不知道怎麼回答他。他見我一時

沉默了，便扯開話題聊別的。

聊天結束時，我跟他說：「其實我也主動過，在很早以前。」

03

大概是認識他之後半年多的樣子吧。

我寫了一封信給他，確切地說是情書。信中，我說自己如何如何喜歡他，說他哪裡哪裡吸引我，說我們多合拍，多相似。

寄信給他的那天，他卻沒有回覆我。要知道，平時我們聊天的時候，他幾乎都是秒回的。但那次，他破天荒地晾了我兩天。

整整兩天沒有理我。

兩天後，他藉口說自己臨時出差，都在路上，沒空看手機。

直到我們沒有聯繫之後的很長一段時間，我才漸漸意識到：其實那時候他不是忙，只是不喜歡我，而且對於我的主動也不知該如何拒絕罷了。

想想那時候，我天天看著時間向他說早晚安。他上班的時候，我就很識相地不找他，不給他添麻煩。他一下班，就立刻傳訊息打電話給他。

桌子上那一疊手寫的早晚安見證過我對他的主動。聊天對話裡，藍色框框裡一大段一大段的話也知道我有多主動。

他所在之地的天氣預報，他所住之處到公司的距離，他的喜好與厭惡，甚至是他喜歡哪個牌子的襯衫，喜歡白襯衫多一點，還是藍襯衫多一點。

這些與他有關的事情，我都知道。

我們最後一次聯繫的時候，也是我第三次向他表白的時候。我問他：「你是不是覺得我太主動了？把你嚇跑了？」

他可能是怕我傷心吧，猶豫了很久才回我：「我不是那個意思，只是不習慣這樣。」

我沒有拆穿他，只是不再像從前那般頻繁地主動找他了。直到後來，我們徹底斷了聯繫，他身邊有了別人，而我依舊孑然一身，獨自在人海中流浪。

人潮洶湧，我沒能握緊他的手。

04

「就是因為這個，你就把自己鎖起來了？」大叔問我。

我說是啊。畢竟，我主動過了，但怕了，也累了。我害怕當自己鼓起勇氣再說出「我喜歡你」這句話時，對方會說「不好意思啊，我不喜歡你」，或者是「我只把你當朋友啊」。

我可以主動，也不害怕付出，但我怕自己一廂情願的結果會是輸得一塌糊塗。

所以後來，哪怕遇到再令自己心動的人，我都會努力克制自己，甚至警告自己：千萬不要越界，不然到最後，連朋友都當不成。

「當妳到了我這個年紀，就會知道，不夠勇敢會給自己帶來多少後悔和遺憾的。」

聊天的最後，大叔語重心長地對我說。

「就是為了避免結束，我才拒絕了一切的開始啊。」發出這句話後，我刪掉了他。

05

闔上書，點開前段時間很喜歡的一個人的聊天對話框。

距離我們上次說話，已經過去一個月了。是該發「好久不見，近來可好？」還是該問「嘿，有沒有想我？」

算了，太遙遠的人，還是不要去觸碰了，也碰不到。

退出聊天介面，想起書中的一段話：走吧，有些等待，只是一廂情願。燈火已闌珊，歸途上，只有你自己，人家都沒留你吃飯，再不回去就晚了。

走吧，起風了，燈火昏黃，再不回去就晚了。

相愛太短，遺忘太長

她夢想有朝一日，能和心愛之人，坐上火車，來一趟說走就走的旅行。
去哪都可以，只要身邊有他在。

01

　　凌晨時分，林晚收到許北的訊息。自他們分手後，這是許北第一次找她。

　　「睡了沒？」他問。

　　盯著螢幕上的這三個字，猶豫了許久，林晚才回他：「還沒。」

　　「這麼晚還不睡？又失眠了？」他的頭像，揚言要征服海洋的男人卻笑得一臉憨厚可愛。

　　熟悉的二次元頭像，熟稔關心的話語，打得林晚措手不及，一

時間不知該如何回應他。

「正準備睡了，你呢？還在加班？」一句話，刪刪減減，最後發出去的也只有前面幾個字。

「晚晚。」螢幕上彈出林晚的名字。

「嗯？」她回。

「沒事，妳睡吧。晚安。」欲言又止，想說的終究沒有說出口。

沒有再繼續回他，林晚關掉手機，閉上眼睛睡覺。在床上翻來覆去越發睡不著。掀開被子，撈過手機，隨手拿起沙發上的外套披上，林晚走到陽臺。

月亮正在樹梢上咧嘴微笑，漫天繁星也在眨巴著眼睛。林晚突然間想起之前看過的一句話：黑夜很美，不應用來遺忘。

把披散著的三千髮絲攏到背後，林晚重新開機登錄上另一個通訊軟體，顯示有一百則留言。正打算退出帳號的林晚，看到這個數字，手指頓了一下。這個通訊軟體她已經許久沒用了。

誰還會在這裡留言給我？而且還這麼多？林晚心裡在猜想。她心頭滑過許北的名字，但也只是一閃而過。

他才不會這麼有心。搖搖頭，林晚點進去看。留言翻到底，從五月底到現在，每天一則，一共一百則。

而且每一則留言的人，都有一個相同的名字：許北。

晚晚，對不起。

晚晚，我好想妳。

晚晚，生日快樂。

晚晚，今天公司舉辦活動，但我沒有去參加。

晚晚，我昨天回學校去了。

一百則留言，每一則的內容都不一樣。但最開始都是這兩個字：晚晚。

退出帳號，抬起頭，林晚才發現，不知何時，淚水早已模糊了視線。

一陣寒風吹來，院子門口的梧桐樹葉沙沙作響，屋內的窗簾隨風擺動。天上的明月早已從樹梢躲到了雲層背後。

攏緊身上的外套，低頭想關機，眼淚卻像斷了線的珠子一樣，一顆顆砸落在螢幕上。蹲下身子，把自己蜷縮在陽臺的角落裡，林晚埋首痛哭。

和許北分手的時候，她沒哭。工作上出錯，被主管責備，她也沒哭。媽媽打電話叫她回家過年，說她已經幾年沒回去了，大家都很想她。聽到媽媽的聲音，她依然沒哭。

但在今夜，看到許北給她的留言，林晚哭了。哭得像一個被父母拋棄的小孩子一樣，那般脆弱，那般無助。

哭到眼淚乾涸，哭到喉嚨乾啞，林晚才跟蹌著從地上起身。拭去眼角的淚痕，努力扯出笑容，林晚轉身回房。

走到書桌前，打開電腦，寫好辭職信，處理好各項交接事宜，林晚把檔案傳到主管的信箱，然後掏出手機訂了一張飛往西藏的飛機票。

用最快的速度收拾好東西，凌晨五點二十分，林晚趕上了最早的一班飛機。

是時候放下一些人與事，也放過自己了。

飛機一落地，林晚第一時間打車去了布達拉宮。

東邊的天空剛泛起魚肚白，天色尚早，但一路上卻擠滿了人。

雙膝跪地，雙手合十朝拜，還有許多低首匍匐在地上的人。無論哪種姿勢，他們臉上都是滿滿的虔誠。

宮殿裡傳出林晚聽不懂的經文。越走近，檀木香的氣味就越發濃郁。在殿門前停下腳步，回頭看著滿地俯首的背影，林晚不禁濕了眼眶。

那一天，閉目在經殿香霧中，驀然聽見你誦經中的真言。

那一月，我搖動所有的經筒，不為超渡，只為觸摸你的指尖。

那一年，磕長頭匍匐於山路，不為覲見，只為貼著你的溫暖。

走進殿中，心裡默念一遍倉央嘉措的詩，林晚挺直腰身，雙膝跪拜在佛像前。

生而為人，林晚很貪心，有很多心願。她祈禱父母家人平安喜樂；她祝願朋友開心快樂；最後，她還希望許北可以幸福。

在殿裡逛了一圈，林晚為家人上了香，還為許北求了平安符。林晚深知，這道符，她不會送到許北手裡，但她還是求了。

只要他能平安，幸福，這道符在誰手裡都一樣。

再看一眼地上還在朝拜的人，再多停留一分鐘，這個當初和許北約好每年來一次的地方，往後林晚都不會再踏足了。

一次就夠了。

　　在西藏待了一週，除去兩天的遊玩時間，其他剩餘的五天，林晚都是在飯店裡度過的。

　　第一天，林晚關掉所有的社交軟體，大睡了一整天。第二天，打開電腦，寫完之前沒完成的稿子。敲敲打打，一天又過去了。

　　第三天，林晚上傳了照片。是她在布達拉宮的殿門前拍的。才一會兒的工夫，各路友人傳訊息轟炸林晚，要她幫忙帶禮物，幫忙求籤。

　　一一回絕後，許北傳來了訊息：「一個人在那邊，要注意安全。出門要帶好包包，東西要收好。記得帶傘，天氣熱，多喝水。」

　　看完後，林晚心頭五味雜陳。「我已經不是那個不諳世事的小女孩了。我已經二十七歲了，許北。」最終，還是憤怒代替了感傷。

　　「我只是希望妳平平安安的，晚晚。」許北沒有過多解釋，似是無奈，也似失望。

　　結束和許北的對話，林晚胡亂扒了幾口飯，倒頭就睡。這一睡，一天又溜走了。

　　最後兩天，林晚窩在飯店看書。一本書，二十四個故事。每個故事看似平凡普通，但似乎都是在我們身邊發生過的一樣。

　　作者在序言裡寫著這樣一段話：我喜歡南方，但我從沒去過南方，就像我愛北方，捨不得離開北方一樣。所有求之不得的東西，我都不捨得一下子用完。沒去的地方，留著；沒見的人，等著。人那麼多，故事那麼多，只要值得，都應該被銘記。

　　這本書的書名叫《我有故事，你有酒嗎？》。裡面講述了大千

世界中的每一個我們都會經歷的生老病死和愛恨情仇。

翻到最後一頁，林晚合上書，打了一通電話給母親。一起被合上的，是許北寫在最後一頁送給林晚的一句話：

謹以此書，贈予我最愛的女孩——林晚。

03

回程的時候，林晚坐的是火車。

所有的交通工具中，林晚最喜歡的，還是火車。

她夢想有朝一日，能和心愛之人，坐上火車，來一趟說走就走的旅行。

去哪裡都可以，只要身邊有他在。

火車一路向前，車窗外的景物飛速往後退。穿過隧道，路過高山，忽明忽暗。過往的一幕幕，也如無聲默片一樣，在林晚眼前拉開序幕。

五月二十七號，是林晚和許北分手的日子。

當天，林晚坐了七小時的火車去找許北。在車站接到林晚，許北沒有多大的驚喜。當然，也不是很驚訝。

他們一起去了平時常去的一家餐廳吃飯。從車站到餐廳，一句話都沒有，一路沉默。

林晚跟在許北身後，望著他的背影，心裡像是壓著一塊大石頭一般，無比沉重。

許北跨步大，走得快。林晚拉緊背包，小跑著追上他。昏黃的

路燈下，許北一路埋頭走，林晚一路奮力追。

　　似乎長久以來，都是許北走在前面，林晚跟在後面。他們很少有並肩牽手走在一起的時候。

　　路燈把他們的影子拉的很長很長，林晚跑到許北的影子旁邊，想踩一踩他的影子。因為她在《七月與安生》裡看過，如果一個人踩住另一個人的影子，那麼這兩個人便會永遠在一起不分離。

　　「真的會嗎？」林晚開口問。像是問許北的影子，也像是問她自己。

　　這個問題，林晚沒有得到答案。或許答案，她心裡早已知曉了。

　　餐廳靠窗的位置，林晚和許北面對面坐著。桌子上，全都是林晚愛吃的菜：酸辣馬鈴薯絲，炒年糕，還有水煮魚，連飯後甜點，都是林晚最愛的優格。

　　伸出去的手在空中停住，林晚抬頭看著許北，心頭一陣泛酸。

　　「都是妳愛吃的，多吃點。」許北回看她，眉眼溫柔。

　　白天坐車餓了一天，一大桌子的菜幾乎被林晚一掃而光。吃完後，林晚摸摸圓滾滾的肚子，和許北在街上散步。

　　把林晚送到飯店門口，兩人不約而同地說出：「晚晚（許北），我們分手吧。」

　　沒有問為什麼，沒有爭吵。從高中到大學，再到現在，林晚和許北用了七個字，便結束了他們之間長達七年之久的感情。

　　在許北轉身離開的那刻，林晚在他身後伸出右手。看著許北漸行漸遠的身影，林晚把手縮回，也沒有去追他。

　　很多時候，正如你叫不醒一個裝睡的人，同樣，也留不住一個

決意要走的人。

04

是什麼導致七年的感情在七分鐘裡走到了盡頭呢？

躺在飯店的床上，林晚滿臉淚水。

一個擁抱就能解決的問題，他們卻無止境地爭吵，冷戰，猜疑。

欣喜憂愁無從分享，歡笑落淚不能擁抱。唯有每年那幾張北上或南下的火車票，才證明他們真的相愛過。

那天晚上，林晚做了一個夢。

夢中，她挽著許北的手，走了一條很長很長的紅地毯。走到神父面前，互換戒指，互許諾言。但畫面一切，林晚成了旁觀者。在臺下看著許北和別人相吻。

林晚哭著從夢中醒過來。她想打電話給許北，告訴他她後悔了，她不想分手了。

可想到這一路來，他們走得太難了。這種愛，太累了。一直以來，都是許北走在前邊，而且還走得太快。

許北總是如此。離開的時候從來不說一聲再見，而他去的地方，林晚永遠都追不上。

05

回憶被火車的轟鳴聲拽回現實。

風聲從車窗外呼嘯而過。打開手機，林晚刪掉了許北所有的聯繫方式。

許北，再見了。

許北，我們都沒有錯，只是風吹散了當初許下的承諾。

許北，我現在依然深愛著你，只是不能再像以前那樣不顧一切地喜歡你了。

從背包裡拿出耳機塞上，在火車進入下一個隧道前，林晚仰頭看到了天上的一輪明月。

黑夜很美，適合用來遺忘。

等存夠了失望，我自己走

暖一顆心，需要很多年。但涼一顆心，只需要一瞬間。

01

傍晚吃飯的時候，接到父親的電話。

「是暖暖嗎？」他問。

「是。」我按了擴音鍵，把手機放在餐桌上。

「妳媽媽呢？」他又問。

我看了媽媽一眼，她正低頭吃飯，面無表情。但她夾菜的動作，出賣了她的緊張。

她最討厭香菜，以往每次吃飯的時候，她的筷子，碰都不會碰

一下有香菜在上面的那盤菜。如果不是我愛吃，可能她去逛菜市場的時候，看都不會看一眼。

但是她剛剛把香菜夾到自己的碗裡，還大口大口吃了下去，眼睛都不眨一下。

「她在吃飯。」我也夾了香菜，塞進嘴裡嚼著。

「暖暖，妳恨爸爸嗎？」他又問。

「不恨。」吞下香菜，我回答他。

有什麼可恨的？恨你當初不顧家人的勸阻，狠心拋下我們母女倆？還是恨你沒有陪伴我長大，沒有盡到一個父親應盡的責任？

說一點恨都沒有，那肯定是假的。這種拙劣的藉口，騙得了別人，騙不了我自己。

但恨又如何？不恨又如何？即使再恨，你還是會做出那樣的選擇，你依然會離開我們。既然如此，那現在還來討論這些，又有何意義呢？

「暖暖，對不起。」他的聲音，有些哽咽。

我停下手中的筷子，抬頭看了一眼坐在我正對面的媽媽。

她碗裡的香菜，早已消失不見。但她的筷子，卻在來回攪著碗裡的米飯。

她還是低著頭，我看不清她臉上的表情。但我知道，父親說的話，她都聽見了。一字不落的，全聽進去了。

這是他們離婚四年後，他第一次打電話給我。這也是我這二十幾年來，第一次聽到他和我說「對不起」。

四年前的那天晚上，是我迄今為止的人生中，經歷的最痛苦、

最不想經歷的一次人生體驗。如果時光可以倒流，我希望它能永遠停在我們曾經幸福美滿的時候。

那天晚上，我拿著大學錄取通知書跑回家，想告訴他們我考上自己心儀的學校了。還想聽他們像以前一樣誇誇我，說我很棒，說我一直都是他們的驕傲。

然而，當我回到家，看到的是坐在客廳的沙發上，一言不發的他們。還有擺在茶几上的那幾張寫有「離婚協議書」字樣的紙張。

「暖暖，妳回來了。」媽媽起身走近我。她想拉我的手，但被我逃開了。

我把通知書拿到父親面前，跟他說：「爸爸，你看，我考上了，我考上了。」

他抬手揮開通知書，然後對我媽說：「簽字吧，我上去收東西。」

他從沙發上站起來，轉身往樓梯走去。整個過程中，他看都不曾看我一眼。

我是他最愛的暖暖啊！是他曾經小心翼翼抱在懷裡，哄著，拍著的暖暖啊！是騎在他脖子上的暖暖啊！

可他為何走的那般決絕？連一句話都吝嗇給我？就好像這十八年來的父女情分，都是假的一樣。就好像，他從沒愛過我一樣。

「暖暖。」媽媽走到我身邊，把我摟進她懷裡，緊緊抱著我。

她的手在我腦袋上，有一下沒一下地輕輕撫摸著我的頭髮。她的眼淚，如決堤的洪水，全都砸落在我的身上。那滾燙的淚水，透過衣服，傳過皮膚，直擊我的心臟。她的哭聲，就彷彿一把把鋒刃，深深淺淺地扎在我的心頭。

疼得我快要喘不過氣來。

「暖暖，無論妳選誰，媽媽都尊重妳的選擇。」

前一秒還在嚎哭的女人，卻在下一秒拭去了淚水，問我要選誰。

「我選妳。」我擦去她眼角的淚，抱緊她，把身子窩進她懷裡。

我選妳，因為妳是媽媽。

「好。」她拍打著我的背，只說了一個「好」字。

02

十八歲那年，我的世界完全變了樣。

原本幸福美滿的家庭，卻因父親的不忠，一夜之間成了單親家庭。我的媽媽，那個溫柔善良的好女人，也失去了自己的丈夫，成了單親媽媽。

而我，以前人人都羨慕的小公主，一夜之間，成了沒有爸爸，只有媽媽的單親家庭的孩子。

我曾一度以為，從今往後，我的人生就要在這樣的不幸中度過了。

直到我遇到了顧言，那個陽光、溫暖的男生。

大學四年，是他的陪伴與鼓勵，讓我重燃了對愛的希望與期待。

有人說愛一個人，如果她涉世未深，就帶她去看人世繁華；倘若她經歷滄桑，就帶她去坐旋轉木馬。

我承認，我不曾歷盡滄桑，只是目睹了父母婚姻的破裂而已。但他們失敗的婚姻，從此就扎在了我心裡，像心頭的一根刺。

　　即使刺被拔掉了，哪怕傷口也可以癒合，但傷疤仍然還在。

　　我不是歷經滄桑的人，但顧言卻時常帶我去坐旋轉木馬。

　　每次和他出去吃飯，點的菜都是我愛吃的。即使他吃不慣香菜，吃不了辣。

　　「只要妳吃得開心，我也會開心的。」這是在吃飯時，他最常對我說的一句話。

　　「你為何對我這麼好？」像我這般孤僻、不合群的人，不值得你如此對待。

　　「因為妳值得。」他摸著我的腦袋，揉著我的頭髮，眼神堅定而認真。

　　我們從大一就認識了，但直到大三，我才答應和他在一起。大學的四年裡，追求我的男生並不少。我也曾對別人心動過。但一想到父母失敗的婚姻，無論是喜歡我的，還是我喜歡的，都被拒之門外。

　　不敢靠近。

　　自從上了大學，媽媽總會關心我在學校有沒有喜歡的男孩子。

　　每次提及這個問題，我都會這樣回答她：「媽媽，我不想在大學談戀愛。那些男生，太幼稚了，不夠成熟。而且我想等畢業後，出去工作了，再談。」

　　「好，不管暖暖怎麼做，媽媽都支持。只是，暖暖妳要知道，媽媽最不想看到的就是因為爸媽的原因，讓妳失去對愛情的信任。」

妳懂嗎？」

知女莫若母。原來我的一舉一動，都瞞不過媽媽。

「不會的，您放心吧。」即使失望了，我一個人，也可以過得很好。

我沒有告訴母親我和顧言的事。不是不想讓她知道，而是我自己無法把握，無法確認我和顧言，我們兩個能走多遠。

與其告訴媽媽，讓她空歡喜一場，還不如不要告訴她，就當一切從沒發生過。

就算有一天，我和顧言走不下去了。那傷心難過的，也只會是我一個人。媽媽她就無須再為我掉眼淚了。這一生，為了我，她做得已經夠多了。

和顧言在一起的那一年，是我在爸媽離婚後，過得最開心的一年。

這種開心，自爸爸離開後，已經很久不曾有過了。

我曾以為我和顧言，會一直都這樣開心、幸福地走下去，走到最後，走到盡頭。然而我忘了，不是所有的幸福都能善始善終，不是所有的美好都能永垂不朽的。幸福來得太突然，會讓人難以置信。同樣的，幸福消失得太突然，也會讓人措手不及。

都說世上最可怕的事情，莫過於把你推入地獄的人，曾經帶你上過天堂。

顧言於我，就是這個人。

他在把所有的海誓山盟都許諾給我之後，又把我推下了萬丈深淵。讓我永遠存活在深不見底的深淵中，無法自救，無法新生。

03

「請刪我好友吧。」

凌晨兩點，在床上翻來覆去之後，我終於還是發了訊息給顧言。

這是我們分開一年後，我第一次傳訊息給他。儘管我經常會控制不住自己，忍不住去翻看他的SNS。

但分開的這一年裡，我從沒傳訊息給他，也沒打過電話。

我的手機，換了幾部，聯繫方式，也換了幾回。但他的手機號碼，他的SNS帳號，依然躺在我的手機裡。

安安靜靜的，不曾打擾過我，也不曾被我打擾。

「真的不能再回到以前那樣了嗎？」

訊息傳出去片刻後，便收到了他的回覆。

他還是像以前我們在一起時的那樣，每次都會秒回我的訊息，無論多晚。

「不能了。」回不去了，再也無法回去了。

「對不起，對不起，對不起。」他連發了三個對不起。

「你不用跟我道歉的，顧言。」

你要知道：不是所有的對不起，都能換來一句沒關係的。當你為了別人，而選擇背叛我的時候，就應該知道我們之間已經完了。

一切都結束了。

「暖暖，妳愛過我嗎？」

「愛過。只是那已經不重要了，都過去了。」

如果不愛，我又何必對你念念不忘？如果不愛，我又何苦這般放不下？

只是再愛，都抵不過你的背叛，不是嗎？

「顧言，你知道嗎？我曾經真的很希望能和你好好走下去。是你讓我重拾了對愛情的希望，但也是你親手扼殺了我對愛情的期待。」

給我糖的人，是你；給我巴掌的人，也是你。

你知道嗎？我一直都很喜歡自己的名字：暖暖。

媽媽說，那是爸爸替我取的。他說希望自己的女兒，能像小太陽一樣，永遠溫暖、永遠陽光。

可是，有兩次，我無比痛恨這個名字。

第一次是四年前，爸媽離婚的那天晚上。爸爸拖著行李箱，頭也不回地離開我們一起生活了十幾年的家。媽媽倒在地板上，痛哭流涕，而我卻無法給予她溫暖。暖不了她那顆傷痕累累的心。

第二次是一年前，我親眼看到你親吻別的女孩。那個女孩在你懷裡，笑靨如花。

我摀住自己的嘴巴，不讓聲音從喉嚨裡跑出來。我轉身跑回家，不敢在原地停留，只要多待一秒，我都會崩潰。

暖一顆心，需要很多年。但涼一顆心，只需要一瞬間。

我叫暖暖，但卻暖不了自己這顆被你涼透了的心。

「暖暖，這些年，你還好嗎？」

「我一切安好。」

回覆完最後一則訊息，我刪掉了顧言的SNS、手機號碼。所有

與他有關的一切，都於此刻，全部化為烏有。

　　把手機放在床頭櫃上，我掀開被子，下了床，踩著拖鞋走到窗戶邊。

　　凌晨的夜裡，一片寂靜與祥和。唯有窗邊的樹葉在微風的吹拂下，翩翩起舞。

　　拉開窗簾，打開窗戶，我把思念托於清風明月。讓它們幫我捎去對爸爸媽媽的問候。

　　媽媽，沒有爸爸在的這些年，妳還好嗎？

　　爸爸，離開我和媽媽的這些年，你還好嗎？

　　看著天上的漫天繁星，我對著天空問：

　　顧言，沒有我的這些年，你還好嗎？

　　關上窗戶，對著漆黑的夜，我在心裡問自己：

　　親愛的暖暖，沒有爸爸，又失去顧言。

　　這些年，妳還好嗎？

之
四

#後來的你，牽著別人的手

❤ 82,475 個讚

他身邊的女生依偎在他肩膀上，及腰長髮垂在他手臂上，
他滿臉寵溺地表情看著她，眼睛裡是我從未見過的溫柔。
回去後，我把頭髮剪了。留了幾年的長髮，為他而留的長髮，
在剪刀十幾分鐘的唭嚓下無聲落地。
彼時我才恍然大悟，原來不是我活成了他喜歡的樣子就能得到他的喜歡。
他喜歡長髮，但長髮的女生那麼多，除了我，還會有別人。

後來的你，與我無關

你說過的每一句承諾，我都還記得。可是那又怎樣？你已牽了別人的手。

01

　　我又見到你了，在你搬離租屋處的第三百六十七天。

　　大街上，你牽著她，並肩走著。她走在馬路的內側，你走在外側。現在她站的位置，我以前也站過。她牽過的手，我曾經也十指相扣。

　　街邊人群熙攘，但我還是一眼就看到你了。藏青色格子大衣，淺灰色針織圍巾，黑色皮靴。一年多沒見，你還是一如既往的陽光帥氣。

只可惜，這樣的溫暖，往後都與我無關了。

02

擠在人群裡，我跟著你們走了一段路。

一路上，你都沒鬆開她的手，一直緊緊握著。看著自己空蕩蕩的雙手，我笑了。曾幾何時，這樣的細心呵護，我也擁有過。

路過飲料店，你買了一杯奶茶給她。我聽到你點的是抹茶口味的，不加珍珠，不要冰，加熱。

以前，每次你買給我的都是Oreo的，因為我喜歡。但現在，你捧著她喝過的抹茶奶茶，一口接一口喝到底。你臉上的溫柔與寵溺穿越人群，穿過寒風，穿過黑夜，砸碎了我的癡念。

一時間，《重慶森林》裡何志武手捧過期的鳳梨罐頭，一口又一口塞滿嘴巴，吃完後卻嘔吐的畫面一下躍到我眼前。

成堆的空罐頭面前，他說：「人都是會變的，今天他喜歡鳳梨，明天他可以喜歡別的。」

我也知道且相信人是會變的，只不過未曾想電影裡的故事會如此鮮活地在自己身上重演。直到我又一次看到你，再看到你與別人執手，言笑晏晏。

這一刻，我才恍然大悟，原來人真的都會變的。再堅不可摧的感情，都有瞬間崩塌的可能。

就像我和你。

我們在一起後的第二個春節，我帶你回家。

買票，收拾行李，買禮物，都是你一個人搞定的。一路上，你比我還激動，一直拉著我問這問那：「阿姨喜歡什麼？叔叔喜歡什麼？他們有什麼忌諱？」

看著你興奮又緊張的表情，我忍不住調侃：「他們什麼都喜歡，只要是你帶的。」

聽完，你「咯咯咯」笑了起來，搔我癢，說我學壞了。「妳呀，現在不得了了啊。」

好像真的是。自從跟你在一塊，我膽子大了，臉皮也厚了，酸溜溜的情話張嘴就來。還好你不嫌棄，一直都縱容我胡鬧搗蛋。

三小時的車程，回到家已是傍晚。暮色四合，你一手提著東西，一手拉著我，一步步往我們家的方向走去。

打開門，看到我們倆，我媽的表情已經出賣了她。她一邊招呼你，一邊把我拉進廚房談話。客廳裡，就剩下你和我爸兩個大男人。

「那時候我真切地感受到了叔叔阿姨對妳的疼愛。」從我們家回到租屋處後，你擁著我坐在沙發上，頭頂著我的腦袋，跟我講自己的感受。

「對啊，他們真的很愛我。」從小到大，他們對我的愛，與日俱增，絲毫沒有減少。

「放心吧，以後疼妳的人又多了一個啦。」頭埋在我的頸窩處，

你在我耳畔低聲呢喃。

後來，直到我們分開了很久，久到我對你的模樣的印象都越發模糊，我仍然相信那個時候的你是真的愛我。

就像我深愛著你一樣。

04

那一年的春節，對於我們家而言，意義非凡。

因為那是我第一次帶朋友回家，而且是男朋友。從爸媽對你的關心和照顧我就能感覺到，他們對你很滿意。

我們在家待了三天：除夕夜，初一，初二。這三天裡，你每天都陪爸爸下棋，喝茶。廚房裡也多了你的身影，你給媽媽打下手，和她一起挑菜，聊家常。話題聊到我的時候，你們倆都很有默契地朝我看一眼，然後小聲偷笑。

最後離開的時候，爸爸和你在書房談了好久，我和媽媽在客廳等你們。爸爸會跟你說什麼呢？我好奇。

「他人很好，妳要珍惜。」媽媽拉著我，語重心長地跟我講了好多。她說她看得出來你對我的感情，也知道你是真的很疼我。「要聽話，不能像在家裡那樣耍性子。」媽媽她紅著眼眶，一字一句說得嚴肅又認真。「如果受委屈了，就回來。家永遠都在。」

其實她並不知道，自從搬到租屋處和你同住的那天起，我已經把自己的脾氣收斂起來了。我不再胡鬧，不再亂發脾氣，甚至以前在家裡從來不下廚的我，在遇見你之後便一頭鑽進了廚房，每天抱

著食譜看得不亦樂乎。

若是她知道我改變了這麼多，不知會作何感想。是驚喜我的成長，還是心疼我的變化。應該都有吧。

從書房出來，你們臉上的表情都很嚴肅。還是媽媽打破了空氣中凝固著的沉重：「走吧，再晚就趕不上車了。」

你九十度彎腰向他們鞠躬，像是在感謝他們這幾天對你的招待，也像是感謝他們把我交給你，更像你對他們許下承諾：叔叔阿姨你們放心，我一定會讓她幸福的。

在爸媽揮手告別之際，我們離開了家，那個我生活了二十幾年的家。我沒有回頭，不敢回頭去看他們。

回程的途中，我纏著你問你和爸爸在書房的談話內容。但你不肯透露半分，只對我說：「這是我們男人之間的約定。」

「放心，我會做得到的。」你執起我的手，放在你掌心，與我四目相對。

嗯，我相信你。相信你能做到，相信你可以給我幸福，相信我們會執子之手與子偕老。

誓言恍若昨日，還清晰停留在耳畔，但我們卻已經分開了好久，成了陌生人。

不知你在享受和她的甜言蜜語時，可會偶爾間記起曾經在我家和爸爸許下過的承諾。是否會想起曾經我們說好的要永遠在一起。

想不起來了吧，畢竟時間都過去那麼久了。可我還記得，沒有忘記。你說過的每一句承諾，我都還記得。

可是那又怎樣？你已牽了別人的手。

你搬出租屋處後，我一個人在那裡住了好久。

房東每次來收房租都會問我：「男朋友呢？怎麼就妳一個人？」

我把自己掩在門後，說：「他啊，他出差去了，下週就回來。」

她可能是看穿了我的謊言，笑笑就走開了，沒再說什麼。關上門，跌坐在地板上，看著這個每個角落都有你影子的房間，滾燙的液體奪眶而出，湮滅了拙劣的謊言。

拖著疲憊的身體走到臥室，床上只有一個枕頭了。走到衣櫃前，打開櫃門，裡面只剩下我自己的衣服，你的黑白襯衫蹤影全無。走到浴室，梳洗台邊只有一個粉色漱口杯，孤零零地站在那裡，那只藍色的，你帶走了。

你放在客廳的遊戲機也不在了；陽臺上你養的多肉已經枯萎了；冰箱裡你存放的啤酒老早就被我喝光了；日曆上你圈起來的日期也被我撕掉了。

這間屋子裡與你有關的所有一切，要麼是你自己帶走了，要麼是被我毀掉了。所有的一切，與你有關的，都不復存在了。

我又恢復了一個人的生活。每天朝九晚五的上下班，週末就一個人去看電影，假期就一個人去旅遊，過年就回家陪爸媽。但都是我自己回去，你已經退出我的生活好久了。

你走後的這一年多裡，我活得很好，沒有因為你的離開而痛不欲生。但我很害怕朋友和爸媽問及你，因為我不知道該如何回應。

我也害怕聽到有關你的事情，甚至為了不看到你的消息，我連

SNS帳號都關閉了。我極力逃出你的生活，卻在自己的世界裡獨自一人沉淪。

我已經好久不敢接觸與你有關的人與事了，直到我現在又一次遇見你。

06

路邊的娃娃機旁，你躬著身為她夾娃娃。

我躲在柱子後面，看著你們笑容洋溢。和我在一起的那幾年裡，你都沒夾過娃娃給我呢。真羨慕她，得到了我未曾擁有的東西。

十分鐘的時間，你夾到了一隻小熊。把小熊放在她頭頂，你一手攬著她，一手護著娃娃，和她走入人群中。

接下來你們會去哪裡呢？電影院？餐廳？還是回你的住處？又或者回她的家？

天色已晚，我不能再跟下去了。我得回家了，回我一個人的家。

07

起風了，回家去吧。

就在我轉身想離開時，你的簡訊進來了。三百六十七天了，你第一次傳訊息給我。是的，早在分手後不久，你就把我刪掉了。只

是沒想到，我的手機號碼，你還留著。

原來你早就發現我跟在你們後面了。那你們這一路上的各種舉動，是真的，還是只是為了演給我看的呢？

應該是真的吧，你看她的眼神騙不了我。

「看到你幸福，我很開心，儘管給你幸福的人不是我。」你過得幸福，我的離開才有意義。

再見了，我曾經以為可以一起攜手白頭的你。最後再告訴你一聲：我真的很喜歡很喜歡你，只是你永遠不會知道了。

請你就這樣一直幸福下去吧，帶著我的祝福一起。即使往後的你，與我再無任何關係。

起風了，我該回家了。

我沒忘記，但我放下了

我想去參加她的婚禮，我不會在婚禮現場鬧，不會讓她難堪，
但我想看著她幸福。

01

收到她傳來的訊息時，我正準備過機場安檢。

站在我身後的小女生催我：「這位先生，到你啦。」看著她滿臉
笑容洋溢的模樣，我心裡蠻羨慕的。想必她正趕著去見自己喜歡的
人吧。如果不是這樣，那她要去見的人，對她而言應該也是很重要
的。

看著小女生的馬尾在後腦勺後晃來晃去的，我一下子就想起了
她。曾幾何時，她也如這小女生一樣，紮著高高的馬尾，穿著一襲

小碎花連身裙，腳下是一雙刷得發白的平底帆布鞋。

那個時候，她總是喜歡纏著我，雙手摟著我脖子，要我親親她。她比我矮一些，每次想讓我親她的時候都會踮起腳尖。

我有時會故意不低下身子，直到她嚷嚷著說我不愛她時，我才弓下身與她持平，然後摟著她的腰，把她圈進懷裡。

她個子小小的，整個人都小小的。圈著她，很暖，很舒服，就彷彿整個世界都被抱在懷裡似的。她偶爾也會惡作劇，像隻小貓咪一樣用爪子抓我癢。

她知道我怕癢，特別是腰間。每次我惹她生氣時，她都很用力搔我癢，直至我舉手投降認錯後，她才說：「誰叫你欺負我！哼！」

她生氣時很可愛啊，總喜歡把臉嘟起來。肉肉的臉頰上，兩隻大眼睛還故意睜得很大，目光也直視著我。

轉身離開機場，頂著漆黑的夜幕，我又往飯店的方向走去。一路上，她的各種模樣又一次浮現在我眼前。

她大笑時響亮的聲音；受委屈時漲紅的雙眼；生氣時鼓起來的臉；還有她吃東西時總愛把嘴巴塞滿才滿意的樣子。

儘管分開了這麼多年，但她所有的樣子，我都沒有忘。就像《東邪西毒》裡說的那樣：當你不可以再擁有時，你唯一可以做的，就是讓自己不要忘記。

02

訊息上，她說她要結婚了。

新郎是誰，婚禮在哪裡舉辦，有誰去參加，這些她都沒說。「下週日我要結婚了，如果你有空就來吧。」這是訊息裡的所有內容。

機票我退了，安檢我不進了，公司我請假了。我想去參加她的婚禮，不為別的，我只想看著她幸福。

我不會在婚禮現場鬧，不會讓她難堪，但我想看著她幸福。

我想看著她挽著叔叔的手，走過紅地毯，然後在所有人的祝福下，再挽過他的手，與他許下共度一生的誓言。

我比世上任何人都期望她能幸福，但一想到這份幸福沒有我的份，心裡還是會很難過。

記憶中，我們也曾執手互贈承諾，許下餘生要一起度過的諾言。奈何時過境遷後，她已經牽了別人的手，徒留我一人在寒風中抱著回憶沉淪。

「如果我以後嫁的人不是你，那你最好不要來參加我的婚禮，我怕自己會忍不住想要跟你走。」

「如果我以後娶的人不是妳，我希望在我看不到的地方，妳能永遠幸福，帶著我的祝福一起。」

這是我們當初在海邊一起埋進漂流瓶裡的心願。七年了，幾千個日夜，我一刻都未曾忘懷。

有時候會不禁感慨，人這一生，到底要經歷多少的離別與生死，才能學會愛與珍惜。

當我回頭想挽留時，她已經離開我很久了。

03

　　說起相遇，用「人生若只如初見」這句話來形容我和她再適合不過了。

　　七年前的九月，我以轉學生的身分第一次踏進有她在的那個班級：高二社會組重點班。

　　我還是個從自然組轉為社會組的轉學生。在男生和女生一比五的社會組班級裡，因為成績的排名，我被安排與她同坐。

　　她是班長，也是英文小老師。坐在她鄰桌的兩年，除了國文和英文，其他的科目我都考得比她好。

　　有一次開班會，那個很讓人喜歡的女老師突然決定要叫她幫我補習英語。我還沒來得及消化這天大的消息，老師便一錘定音，說我們倆以後要互幫互助，互相進步。

　　表面上大家看到的是我錯愕的表情，但暗地裡我卻因為高興而差點捏碎了抽屜裡她送給我的生日禮物：一只很可愛的小瓷娃娃。

　　那是我生日時她送的。現在，這只娃娃被我當成鑰匙圈和鑰匙扣在一起。

　　我走到哪裡，它跟到哪裡。就像她一直都在我身邊陪著我，從未離開過一樣。

04

　　高中坐在她鄰桌的兩年，最開心的事情不是每次考試排名都第

一，而是每次當她低頭寫作業或者認真講解英文給我聽時，我都會偷偷把手放到她背後，然後抓起她的頭髮圈在手指上玩。

她髮質很好，頭髮又柔又順，用的洗髮精也很香，比我身上的肥皂味還香。每次她俯身趴在課桌上休息時，我都會偷偷聞她的頭髮。

她平日裡總是喜歡連名帶姓地喊我，很少會叫我「XX同學」。而我對她的稱呼更是欠揍，總愛叫她「喂」。

後來，她手機連絡人裡給我的名字備註是「豬先生」，我給她的是「豬小姐」。因為我們同歲，而我只大她兩個月。

「以後我們要是生一個豬寶寶，那全家都是豬啦。哈哈哈哈哈。」

在我們曾經一起生活過三年的租屋處的陽臺上，我坐在籐椅裡，她坐在我懷裡，我們一起憧憬著未來的幸福生活。

我們都喜歡女兒，但她想生兩個。「先生男孩吧，這樣哥哥就可以保護妹妹了。」她把小手從背後伸進我衣服裡取暖。

每到冬天，她都會這樣。要不是手，要不是腳，手腳一起也是常有的事。

我說生一個就好了，兩個的話太累了。她說不行，就要生兩個。「我都想好了，先生男孩，再生女孩。」她一手往嘴裡塞著草莓，一手放在我肚子上暖手。

直到我們分開很久之後，我都沒有告訴她，其實生男孩還是女孩，不是由我們說了算的。

但我想她應該是知道的。畢竟當初她的生物學得還不錯，雖然

比起我還是差了那麼一點。

分手的那天，她竟然沒有哭。「我知道你是愛我的。從前愛過，現在依然愛著。」她踮起腳尖抱了我一起，繼續說，「但是啊，事實證明，並不是所有相愛深愛的人都能走到最後的。」

火車的轟鳴聲響起時，她快速在我嘴邊落下一吻，說：「愛過你，我不後悔。」

看著她背著我買給她的書包坐上火車消失在我的視線裡，我第一次在大庭廣眾之下，不顧周圍人的眼光，號啕大哭。

那一瞬間，火車帶走的不僅是我的愛人，連同我的負擔與搖曳，還有我的鎧甲與軟肋，都一併帶走了。

05

分手是她提的，我只說了一聲好。

我們分手不是因為不愛了，也不是因為彼此有了新歡。沒有背叛，沒有爭吵，沒有臉紅耳赤的吵架。

她只是說：「親愛的，我累了，我走不動了。」

她說她受不了她被大姨媽折磨得死去活來時我卻在外面加班應酬。她說受不了情人節的時候，別人都有男朋友陪著，而她卻一個人被留在公司趕設計稿。她說她無法忍受別人的男朋友一個電話就能趕到，而她卻抱著手機等了我一個晚上，夜不成寐。

「我真的累了。」她說。

那是在前一年大年初二的晚上。一頓飯，一場電影，兩杯我們

共同喜歡的奶茶。吃完飯，看完電影，喝完奶茶，我們就分手了。

她沒有要我送她去車站。在我們經常去的那家飲料店門口，她往南走，我往北走。

寒風徹骨的冬夜裡，雪花還在飄著，我們就那樣一南一北，各自分別，各自走遠。

跋涉千里的告別，都在最初和最後的雪夜。

06

分開的這一年裡，她的生活過得豐富多彩。

她經常一個人去國外旅遊，還學會了游泳和滑雪。SNS上，她經常上傳那些她從食譜上學來的各種菜色。

以前和我在一起時，她從沒下過廚。不是她不肯，是我不讓她下廚。在我看來，廚房是很危險的地方，她那麼小小一個的，我不忍心。

她很少出去參加聚會了，總是一個人待著，或看書，或複習課業。我記得前一年她發的最後一則動態是一張她讀英文的筆記圖，配字是：先把自己變得更優秀，然後再遇見同樣優秀的人吧。

我多想告訴她，我現在也很優秀啊，可是我已經失去你了。

年前在家整理東西時，發現她高中時送我的英語字典還在。我拿出來拍掉上面的灰塵，隨手翻了起來。詞典裡夾著書籤，書籤是她自己做的，很精緻，上面有她寫的一句英文：

Love is a touch and yet not a touch。

那時候我英文差，不理解。現在我讀懂了：愛，是想觸碰又收回手。

07

回到飯店，她又傳來了訊息。

「想了想，你還是別來了吧。」訊息的最後，她說她會努力讓自己幸福的，帶著我的祝福一起。

不去也好，只要她幸福就夠了。

躺在床上，我一遍又一遍回憶著我們之間發生過的點點滴滴。如她當初所言，我相信曾經的我們，是真的彼此深愛過。

其實在回飯店的路上，我已經對過往的一切都釋懷了，也放下了，但那些逝去的美好，我始終未曾忘記過。

但還是要祝她幸福，即使這幸福與我無關，不是我給的。

要不我們就這樣吧

我懂的，千里之外的噓寒問暖，比不上現實中的一個擁抱。

01

　　在SNS上添加好友的搜索欄裡輸入你的帳號，你的頭像出現了。深藍色的大海旁，你站在沙灘上，身上的白襯衫被陽光照得透明。背對人群，你的身影單薄而落寞。

　　點進你的帳號，只看到了十張圖。最新的一張是你除夕那晚發的全家照。你和姐姐一人站在一邊，中間是叔叔和阿姨。

　　唯願歲月如初，心如故。這是你配的文字。短短的幾個字，我呢喃了許久。回過神來，想繼續往下看你的動態，卻再也沒有了，

非好友權限不足。

在「加好友」這個選項上徘徊了好久，最終還是沒有按下那個鍵。

歲月可以如初，但人心卻無法如故。

02

我是除夕那天早晨才回到家的。

還沒來得及等我放下行李，媽媽就把我拉到房間，問我：「不是說好要帶他回來過年嗎？」

回到自己房間，踢掉鞋子，滿身疲憊地躺在床上，想好了措辭，我才敢回答媽媽的問話：「他家臨時有事就先回去了。等明年吧，明年再帶他回家。」

「妳可不要隨便說說啊。」媽媽幫我把行李放好，然後坐到床上看了我一眼，「其實他不是家裡有事，對嗎？」她愛憐地摸著我的頭髮，輕聲問。

知女莫若母，我深諳自己是瞞不過她的。「媽媽，我們分手了。」拉上被子蓋住頭，不敢看媽媽的表情。

原以為她會說很多安慰我的話，然而她隻字不提。起身走出臥室時，她只對我說：「睡醒後就下樓吃飯，媽媽煮了妳最愛吃的菜。」

這就是最愛我的媽媽。她不問我們為什麼會分手，也不問我們分手多久了。比起這些，女兒的心情，她更關心。

躺在床上，聽著窗外不絕於耳的鞭炮聲，我在想你回家後的情

形。

叔叔阿姨是否會問你為什麼沒有帶女朋友回家過年？因為分手的前一週，你跟我說阿姨知道我的存在了，她還要你帶我回去見他們。

你會像我一樣如實告訴自己的爸媽，說我們已經分開了，而且分開很久了嗎？

飯桌上都是我平時愛吃的菜，媽媽忙碌了一天才做好的。看著那些心心念念了許久的吃食，胃口卻全無。

如果你在那就好了。如果你在，你會把蝦殼剝好了再放進我碗裡；如果你在，你會把紅燒肉上的肥肉和瘦肉分開，然後再把瘦的那一半夾到我碗裡，肥的那一半自己吃掉；如果你在，你會不許我喝酒，因為我對酒精過敏⋯⋯

如果你在，我就可以把你介紹給親戚朋友認識，告訴他們：「謝謝你們的好意，以後不用再費心為我介紹朋友了，因為我有男朋友啦。」

倘若你在場，我一切安好。

03

你還記得我們是怎麼認識的嗎？

那是南城一年中最熱的季節。

在蟬聲不依不饒的夏季裡，在那個 7 號公車站的站牌下，背著黑色雙肩包，稚氣未脫的你，還有那個頂著厚厚的瀏海，走路總愛低著頭，躬著身子的我。

夏季的南城就像小孩子的臉，上一秒還豔陽高照，下一秒卻烏

雲密布，說變就變。

那時剛準備下車的我，和正急忙上車的你撞了個滿懷。

我懷裡抱的書被你撞飛到地上，還被雨水打濕了全身。你手中的傘被我撞掉在公車上下車的車門口，被後面陸續下車的人一腳兩腳踩滿腳印。

等我下車彎腰拾起你的雨傘，你也跑到雨中撿回我的書時，公車正華麗麗地從我們眼前開走。

「對不起啊，害你沒趕上車。」

「不好意思啊，把妳的書撞飛了。」

不約而同的兩句話，讓你我都站在雨中傻笑了起來。初次遇見時的不謀而合，預告了往後在相處時我們合拍的默契。

滂沱大雨中，你撐著傘陪我一起走過站牌，走到學校門口。你不顧自己被雨水淋濕的左半邊身子，固執而霸氣地把傘全都舉在我頭頂。

送我回到學校，你還要了我的聯繫方式，說無論如何都要再買一本新書送給我，當作賠償。

「我也撞壞了你雨傘啊。」點開手機，接受了你的好友申請。我抬頭看你，卻發現你的視線一直落在我身上，沒有離開過。

把傘收回來，交到我手中，你轉身跑進雨裡：「傘妳先替我保管，下次再來拿。妳的書，我借走了。」

走在回寢室的路上，握著你握過的傘柄，感受著你餘留的體溫，我第一次覺得夏天其實沒那麼可惡。

回到寢室，換好衣服，我把傘收起來放在陽臺上。那天晚上和

你結束聊天後，我躺在床上反覆播放了很多遍那首歌。

時至今日，每次遇上下雨天，我都會不自覺地哼起那句歌詞：最美的不是下雨天，而是和你一起躲過雨的屋簷。

04

你的傘，我一直沒有還。你拿走我的那本書，我也一直沒跟你要。連同那本新書一起，你送了很多書給我。

那些書，我一直放在書架上收藏著。在你不在身邊的日子裡，每次想你，我都會看書。看完一本，又繼續看下一本。看得最多的，是你借走我的那一本《從你的全世界路過》。

張嘉佳是你我都共同喜歡的作家。我買的書，被你拿走了。你送給我的，我一直珍藏著。電影上映的時候，我們還去電影院看過。

你說你心疼豬頭，心疼他對燕子不求回報的愛，卻也羨慕燕子能被豬頭那麼深情又卑微地愛著。我說我最喜歡陳末，喜歡他賤賤的樣子，喜歡他深情的樣子，他所有的模樣，我都欣賞。他看似不正經，卻又比誰都渴望愛與被愛。一個人，越不正經，越深情。

和你分開後，我又一個人去看了這部電影。午夜場的影院裡，只有寥寥幾個人，我坐在最後最右邊的位置。

看到十八走後，荔枝生活的每個角落裡都充滿他的聲音與影子時，我在最後一排哭成狗，全然不顧其他人的存在。

看完電影後，我又聽著主題曲，一遍又一遍地重複播放著：

從你的全世界路過，把全盛的我都活過。

請往前走，不必回頭。在終點等你的人，會是我。

——〈全世界誰傾聽你〉，作詞：李焯雄

那晚趁著酒精的作用，我傳訊息給你：多希望你就是最後的人。

我在陽臺吹著風等了一夜，卻始終等不到你的回信。寒風吹散了醉意，卻吹不走心頭的涼意。

你終究不是那個在終點等我的人。

05

我一直不明白，我們之間的感情是輸給了時間還是輸給了距離。

大學兩年，工作兩年，四年的感情怎麼說斷就斷了呢。我不甘心啊！可是那又能怎樣？除了接受，我別無選擇啊。

你知道嗎？在你準備提分手的當晚，我已經買好車票要去看你了。

我訂的是晚上九點鐘的火車票，十小時的路程，到你那正好趕上你結束工作的時間。我連你愛吃的零食都買好了呢，都裝進行李箱，就差坐上車去到你眼前了。

我都要出門去坐車了，你卻打電話過來要我別去了。我說我都買好票了，不去豈不是浪費錢了嗎？票又不能退。

你無論如何都不肯讓我去。我問及原因，你卻支支吾吾，半天

不給我解釋。

遠距離戀愛就是這點不好。隔著螢幕，看不到你的表情。你的一言一行，我只能憑感覺揣測。

生平第一次我感覺自己對愛情是這般的無能為力。那些電影裡的狗血情節一幀幀在我眼前劃過。質疑和擔憂戰勝理智湧上心頭，「你是不是做了什麼對不起我的事？」握緊手機，我小心翼翼問出這句話。

果然，你怒氣沖沖地指責我不信任你，懷疑你。卻只在下一秒，你冷靜下來說：「對不起，我不是故意，那天晚上喝多了……」

我突然想起了你之前跟我講過的和你同部門的一個女生。你誇她乖巧懂事，誇她脾氣比我好。會是她嗎？那個經常給你溫暖和關懷，比我更懂得體貼的女生？

你忘了嗎？我跟你說過我有感情潔癖。如果我的東西被別人惦記上了，或者已經被玷污了，那麼即使我再喜歡，我都不要了。

我跟你講過的啊，你怎麼老是記不住呢？可能在你心裡，遠在千里之外的我，比不上那個近在咫尺的她吧。

我懂的，千里之外的噓寒問暖，比不上現實中的一個擁抱。

06

你放心吧，我不會告訴別人我們真正分開的原因。就當我看錯了人，付錯了情，愛錯了人吧。

你也不用覺得對不起我。感情沒有對錯，只有愛與不愛。深愛

的時候，別保留；分開的時候，別挽留。

　　這個道理，我懂，我也做到了。

　　電影裡的稻城亞丁我們是去不了。今年的春節我也無法陪你一起回家了。

　　但還是要謝謝你啊。謝謝你，從我的全世界路過。

＃ 07

　　分手是你提出來的，當時我不肯答應。

　　但現在，我想通了，我們就這樣吧。

　　願你的故事細水長流，也祝我的孤獨擇日而終。

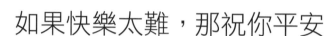

如果快樂太難，那祝你平安

我愛過的女孩，你一定要幸福，不然對不起我的不打擾。

01

　　昨晚在電影院，我遇見她了。

　　電影散場後，她拉著身旁男生的手，和他肩並肩走出去。

　　她看見我後，愣了一下，把手從男生手裡抽出來。男生順著她的目光看向我，然後把她摟進懷裡，攬著她肩膀，帶她離開。

　　電影院門口的階梯有點長，她頻頻回頭，幾乎是每下一層臺階，就往回看我。

　　我站在人群裡，周圍一片漆黑，人聲喧鬧，但我的心，我的呼

吸，我周遭的一切，都是靜止的，明亮的。

因為在離我越來越越遠的前方，有個女生一步一回頭地，深深地看著我，望著我。

這個女生身著一襲碎花長裙，紮著馬尾，肩上挎著黑色小包，腳下踩著一雙白色帆布鞋。

這是我藉著電影院裡的燈光偷看到的。

如果知道會遇見她，在來看電影之前，我就應該好好整理一下自己的。至少要穿上一件白襯衫，或者配一雙帆布鞋。

這樣，我就能回到當初我們剛認識時的模樣了。這樣，以後她想起我的時候，我在她記憶中的樣子也不會那麼差。

可是我沒想到會遇見她呀，更沒想到她身邊已經有了別人，最想不到的是，在看見她的第一眼，我心裡還悸動如初。

書上說，年少時不能遇見太驚豔的人，否則餘生都無法安寧。

在沒有遇到那個會溫柔了歲月的人之前，我已經遇見了那個驚豔了時光的人。所以在她離開往後的餘生裡，是悲是喜，是荒涼是溫暖，都得我一個人去體驗了。

02

那天的電影是《後來的我們》。看完電影回到家後，朋友打電話過來，說要陪我喝酒，還揚言不醉不歸。我拒絕他，說下次吧，今晚想早點休息。

捏著腳邊的空酒罐，抹去眼角的淚痕，不等他回話便掛斷電

話。我怎麼能讓他看見自己這副鬼模樣？一個大男人，在看完電影後買醉，還藉著酒勁陷在往事裡出不來。

窗外，夜色如墨，樹影婆娑。窗內，倒了一地的空酒罐被跳進窗臺的夜風刮得匡噹響。匡噹匡噹，匡噹匡噹，就著回憶深深淺淺地扎在心上，扯著心房，連著血脈，生疼生疼。

「你都不留我一下嗎？」

「我真的要走了，你不轉身看我一眼嗎？」

「七年了。我們在一起七年。如果不是別無選擇，我不會離開你的。你要相信我，我是愛你。曾經愛，現在依然愛著。」

聽到門聲響起的時候，我轉過身，她已經走了。跳過滿地狼藉，跑到路邊時，她已經坐上車，車也已經開了。

昏黃的路燈下，徒留汽車排出的廢氣和一身狼狽的我，站在路口，看人來人往。

03

像電影裡的小曉和見清一樣，我和她也是相識於少年，相戀於彼此最窮困潦倒的時候。

不同的是我們在一起的時間沒那麼久。我們只有七年。但這七年，幾乎耗盡了我前半生所有的愛與勇氣。

自她提著行李箱走出租屋處的那一刻起，我便清楚地知道，往後的日子裡，我肯定還會遇見別人，喜歡上別人，最後還會和別人一起結婚生子建立家庭。

但是，今後的我很難再像當初那樣愛得那麼用力，那麼勇敢，那麼奮不顧身了。

或許我會變得更成熟，更穩重。懂得怎樣更好地愛對方，體貼和照顧對方。但像曾經那樣的怦然心動，我想應該很難再有了。

而且，我所學會的，另一個她所享受的，都是最初的她用離開和告別教會我的。

是否我們都會這樣？在最無能為力的年紀，遇到了最想照顧一生的人。然後放手，眼睜睜看著她擁抱另一個人。

就像《圍城》裡的方鴻漸一樣，放棄了喜歡他的蘇文紈，錯過了他喜歡的唐曉芙，最終選擇了差不多的孫柔嘉。

錯過喜歡自己的人，得不到自己喜歡的人，最後和一個差不多的人走完餘生。

生而為人，真的很抱歉。

04

十年後，再次重逢，見清問小曉：

如果當時妳沒走，如果我有足夠的錢，
如果我們住進了有大沙發的房子，
如果我們不管不顧地結婚了，
後來的我們會不會不一樣？

看到這裡，我突然間好想坐上時光隧道回到七年前，回到那間狹窄的租屋處，回到她離開的時候，問她：

如果妳父母沒有要妳回家相親？如果妳願意再等等？如果我有足夠的錢，住著大房子？那麼，妳還會走嗎？

她會怎麼回答我？像小曉回答見清那樣嗎？

如果當初我們沒有分手，後來我們也會分手。

如果當初我們衝動結婚了，現在已經離婚很久了。

如果當初你一夜暴富，現在你不會一如當初。

那我們呢？會不會也和他們一樣。一樣會因為各種原因分開，一樣走不到最後。

會的吧。畢竟就像電影裡說的那樣：幸福不是故事，不幸才是。

05

分手後，我無數次幻想過與她重逢的場景，也演練了無數遍遇見她時的開場白。

可是當真正相逢的時候，除了貪婪地望著她，好像其他話語和動作都是多餘的。只想看著她，用目光描摹她的身影，觸碰她的臉頰，感受她的氣息。

只要看著她就夠了，哪怕只是遠遠的一眼。

倘若她身邊沒有別人，或許我會抑制不住內心洶湧的衝動，會

穿過人群跑過去擁抱她。但不知何時起,她身邊早已沒有了我的位置。

曾經,我多想擁抱妳,可惜妳我之間,人來人往。

「如果以後我們分開了,就各自離的遠遠的,再也不要相見了。」以前在一起的時候,說到以後,她總擔心我們會分開。

我一再向她保證:「我絕不會讓這種情況發生的,我也絕不會放開妳的手,讓妳去擁抱別人。」

現在想想都覺得可笑。曾經有多麼信誓旦旦,現在回憶起來就有多痛。

那時候的我們,終究是太年輕了。

06

昨晚在從電影院回家的路上,我傳了訊息給她。

在連絡人備份裡找了好久,才在最後一欄最後一個名單裡找她。看一眼時間,最後一次通話是在三年前。如果沒記錯的話,那是她結婚時跟我說的喜訊。

有時候想想,覺得這個世界真大,大到我們都在同一座城市生活了幾年都沒能碰到一面。但有時候又覺得其實這世界挺小的,小到分別了好些年的兩個人,竟因為一場電影重逢了。

不知該嗔怪緣分的捉弄,還是該感謝命運的恩賜。

訊息剛發出兩分鐘，她便回覆：我也看見你了。你一點都沒變，還是當初那個你。

不。妳看錯了。我變了，現在的我，再也不是當初那個會因為妳一個笑容就開心大半天的小男孩了。我變了，變得成熟、穩重、懂事了。

在稜角被磨平的同時，我也在心裡替自己上了一層鎖，變得比以前更淡漠，更荒蕪了。

希望下次再見時，能看到妳臉上的笑容。

祝妳幸福。一定要幸福，不然對不起我的不打擾。

祝福妳和他一起幸福是假的，但想看到妳幸福是真的。因為妳在電影院回頭看我時臉上的淚痕刺痛了我的心。

刪掉後面的一大段話，只留下一句：如果快樂太難，那祝妳平安。

訊息發送成功後，也把她從聯絡人裡刪除。

不打擾，是我最後的溫柔。

握不緊妳的手，是我不對

對不起啊，我曾經深愛過，現在依然深愛著的女孩。
握不緊妳的手，是我不對。

01

　　我出差回到租屋處時，她已經走了。

　　玄關處，那雙粉色棉拖不在了；打開鞋櫃，白色的平底帆布鞋、裸色的高跟鞋、黑色長筒靴，所有的鞋子她都帶走了；客廳的地板乾淨得可以倒映出我的模樣，看來她是拖完地後才離開的。

　　脫掉鞋子，把行李箱立在玄關，我走進廚房。冰箱裡，從冷藏室冷凍室，每一層都塞滿了東西：水果，蔬菜，還有我最愛的魚。

　　她知道我這個人很懶。平時一個人在家的時候，不會輕易出門

買菜，要麼吃泡麵，要麼用冰箱裡剩下的菜將就一下。

脫下外套，我取出幾顆雞蛋準備煮碗麵。十來分鐘後，端著已經有點爛的麵走到客廳。試了一口，太鹹了，鹽放多了。

我想起她之前做給我吃過的番茄雞蛋麵。新鮮可口，怎麼吃都不膩。然而她不在了，我卻怎麼都做不出像她一樣的味道。

把麵倒進垃圾桶，從冰箱裡拿出一罐啤酒，一邊喝，一邊從客廳走到臥室，再從臥室走到廚房。這間屋子裡的每一個角落，似乎都有她存在過的影子。

浴室裡，她喜歡的那個藍色漱口杯還在，它旁邊是粉色的漱口杯，是我的。當初和她逛 IKEA 的時候，她一眼便看中了這兩個杯子。買回家後，她用了藍色的那個，把粉色的留給我。

她用的洗髮精和沐浴乳也都還在。浴室裡的用品都是她挑的，我負責給錢。不得不說她的品味和我的很相似，她買的東西我都很喜歡。

從浴室到客廳，再到陽臺，我一遍又一遍地回憶著她所有的樣子。

我努力地搜刮著腦子裡零散的記憶碎片，企圖拼湊出我們曾經擁有過的那些美好。

02

我們是大四的時候搬進這個地方的，住了整整兩年。

起初跟她說想搬出學校，住外面時，她很擔心。「你不會做飯，

家事也做不好，怎麼照顧自己啊？」她縮在我懷裡，眼神裡滿是擔憂與疼惜。

「那妳也搬出去和我一起住不就好了？」撩起散落在她耳邊的頭髮，我把頭埋在她頸窩處，耐心撩撥著她。

她怕癢，特別是脖子。每次我做錯事惹她生氣時，想要哄好她，就都會摟著她，把頭埋在她頸窩裡，還特意用自己的低嗓音在她耳畔呢喃。

每一次只要我這樣做，她都會舉手投降，原諒我。這個方法對我而言，屢試不爽。

去幫她拿行李那天，我帶了一大袋零食和水果去送給她寢室的另外三個女生。感謝她們這幾年對她的照顧。

「把她交給你，我們都很放心。」送我們出門時，她們異口同聲地對我說。

後來，我用行動踐行著她們對我的信任。畢業後的第一年，無論工作再忙，即使加班到凌晨，我也會在下班後第一時間趕回家。

情人節，七夕，週年紀念日，這些節日，我都記在日曆上，還在手機裡設置了鬧鐘提醒，生怕自己忙起來會忘記。

剛走出象牙塔的頭一年，在光怪陸離的大城市，我所擁有的，僅剩她和那間租屋處。

不對，應該說我確切擁有的，只有她。因為那間租屋處，在我交不起房租時，很有可能被趕出去。

即便是這樣，我也從未想過要放棄這段感情。我確信自己愛她，也堅信她同樣愛我。我想努力工作，想賺更多的錢，也想給她

更好的生活。

　　直到很久之後，我們已經分開了，我才開始慢慢相信這個道理：一個男人，最可悲的莫過於在最無能為力的年紀，遇到了最想照顧一生的女人。

03

　　說起相遇，那應該是我這輩子做過的最正確的一件事了。

　　我和她是高中同學，同校不同班。她在社會組，我在自然組。我們倆是學校出了名的「大人物」。因為每次考試，我們倆的名字都會出現在排名的第一位。

　　本應是兩條互不相交的平行線，卻因為一次偶然的機會，讓我們變成了兩條相交線，並從此相互交集，相互貫通。

　　記得那天是陰天，中午放學的時候還下了小雨。頂著濛濛細雨走到學生餐廳時，排隊買飯的人已經很少了。但輪到我的時候，我搜遍了制服上下所有的口袋，都沒找到飯卡。

　　就在我尷尬到不知所措的時候，站在我身後的女生用自己的飯卡替我付了錢。我端著飯往回看時，她面帶微笑地向我點點頭，然後小聲說：「沒關係，我先幫你刷。」

　　那頓飯，我吃得極其忐忑與不安。一邊是尷尬在作祟，一邊是心臟在狂跳。因為她就坐在與我面對面的位置上。

　　那是高二的第二學期。

　　自那之後，遇到再隆重的場合，我都沒有怯場過。畢竟當年在

她面前，我都能從容地吃完一頓飯。

在她面前我都沒輸，那就更不能輸給其他人。

04

我是在高中的最後一年，也就是在高三的時候和她告白的。

那時候還不太懂什麼是浪漫，也沒有給她什麼承諾。只是在機緣巧合之下，跟她說了一句：「我想跟妳一起吃很多頓飯，我們在一起吧。」

「好。」她一口答應，乾脆俐落。愛恨分明是她的一大優點，恰好我也一樣。

那個時候，學校不允許學生談戀愛，說會影響課業和身心健康。然而我們卻在老師和家長的眼皮子底下悄悄談了一整年的戀愛。

每次考試的榜首，是我們給彼此送的最好的禮物。數學考卷的最後一道題目和國文作文的分類與敘述方法，還有英文的文法和應用，是我們討論得最多最深的話題。

藍色制服是我們唯一共同擁有的情侶裝。模擬考卷是我們送給彼此最稱心的紀念品。操場的草坪上，是我們最常約會的地方。學校的學生餐廳，是我們一起吃過最多次飯的地方。

去大學的當天，我送了她三本書：《乖，摸摸頭》、《阿彌陀佛，麼麼噠》和《好嗎，好的》。

我們都很喜歡大冰。喜歡他喜歡的民謠，聽得最多的是〈陪我到可可西里去看海〉；喜歡他對生活的態度：請相信，這個世界上

真的有人在過著你想要的生活，願你我既可以朝九晚五，又能夠浪跡天涯。

我們都想著以後去麗江旅行，去看看大冰的小屋，現場聽聽他一邊彈著吉他，一邊深情地唱：陪我到可可西里去看一看海，不要未來，只要你來。

蒼山洱海是我們共同嚮往的人間天堂，古鎮深巷是我們共同憧憬的寧靜生活。但奈何，我們都被困在了紙醉金迷的大都市，日復一日地奔波忙碌，年復一年地痛苦掙扎。

此生多勉強，此身越重洋。

05

距離我們分手的時間已經過去了整整一年。

她搬離租屋處後不久，我也搬走了，但沒退租，還繼續在交房租。我搬到了離公司更近的地方，卻也離租屋處更遠了。

偶爾我還會回去看看。住在我們隔壁的老阿姨還記得她，「小夥子，你女朋友呢？怎麼好久沒見她過來了？我還以為你們離開了呢。」有一次我回去的時候，正好遇見她，她便問我。

「她是離開了，但我還沒走。」鎖好門，我朝阿姨點點頭，然後離開。

她是離這座城市，回老家去了。

上火車前，她打電話給我，「對不起對不起對不起！我對不起你。家裡替我安排了相親對象了。」電話裡，她一直在哭。

平時多麼倔強的一個人啊，在火車站當著那麼多人的面哭，真是難為她了。多想跑到她身邊用力抱緊她，替她擦乾眼淚，像平時一樣哄她說：「別哭別哭，我在呢。」

可是隔著螢幕，隔著距離，我抱不到她。

我很平靜地接受了她要去跟別人相親的事實，還裝作若無其事地跟她說：「要找一個對你好的人，要幸福。」

掛掉她的電話，我把自己鎖在辦公室裡哭了一夜，喝掉了十罐啤酒。

在現實面前，我輸了。

06

由於距離和其他的問題，雙方父母都強烈反對我們。

尤其是她父母。叔叔阿姨說我一事無成，無法給她幸福。「我們那兒和她同齡的人都結婚生子，孩子都會走路啦！」

這一句話，澈底擊碎了我所有的努力。在愛情與親情之間，她選了後者。在事業和愛情之間，我被迫選了前者。

從高三到大四，再到畢業後的兩年，我們愛了七年。七年的時間，走過了各種磨難，卻輸給了各自的家庭。

她去相親的那天還傳了訊息給我，說對方條件還不錯，有車有房，脾氣也很好。「可是在他身上，我找不到你的影子。」她哭著跟我說。

她結婚的那天，是十一月二十七號。七年前的這一天，我第一

次牽起她的手。

婚禮前，她打來電話，說自己很緊張，但爸媽很高興，家人都很高興。「我不知道這樣對不對，但為了他們，我只能這樣了。」她哽咽著繼續說，「我很愛你啊，但也只能愛到這裡了。」

最後，她說她要進禮堂了。如果有來生，我一定不會鬆開你的手。謝謝你，那麼用力地愛過我。

十幾分鐘的通話記錄中，都是她在講，我在聽。我捂住了嘴巴，怕她聽出來我在哭。我能想像得出來她穿婚紗的模樣。

只是人潮洶湧，我們終究還是辜負了這場相遇。

07

中午在網路上看到一個話題：那些當初被父母反對的愛情，到後來都怎麼樣了？

從來不在網路上留言的我寫了一句話：現如今，她成了別人的枕邊人。

關掉了電腦，我又去了租屋處一趟。但這一次，我是去退租的。把陽臺上的多肉搬回公寓，以後就讓它與我相伴吧。

夜晚的大城市總是很熱鬧。涼風裏挾著寒意陣陣襲來，卻澆不滅那些手牽手的有情人。走在他們之間，我竟也無多大感慨。

之前在遊戲裡遇到一個小女生。她說喜歡那種成熟穩重的大叔型男朋友。我對她說：「成人的世界裡，並不是只有溫柔就可以的。」

多少人的溫柔，都是歷經失去摯愛之人後才學會的。

我很久沒有她的消息了，不知道她過得好不好。始終覺得對不起她，沒能握緊她的手，無法給她幸福。

　　對不起啊，我曾經深愛過，現在依然深愛著的女孩。對不起，握不緊妳的手，是我不對。

你別皺眉，我走便是

彼時我才恍然大悟，原來不是我活成了他喜歡的樣子就能得到他的喜歡。
他喜歡長髮，但長髮的女生那麼多，除了我，還會有別人。

01

　　前些天朋友跟我說了一個小故事。

　　故事講的是男孩第一次和女孩接吻的時候，女孩突然說等一下，然後從包包裡拿出三顆糖，問男孩喜歡哪種口味的。

　　男孩很納悶，但還是選了一個荔枝味的糖。女孩呢，二話不說就撕開糖果的包裝紙，把糖吃了下去，接著一把扯過男孩，親吻他。

　　事情結束後，女孩對男孩說：「我沒有自信能讓你一輩子都記

得我。既然你喜歡荔枝味的糖，那我只能讓你記住我們接吻的味道是荔枝味的。這樣，以後你吃到荔枝味的東西都會想起曾經和我接吻的味道。」

後來，男孩和女孩還是分開了。

他們分開後，男孩每次吃到荔枝味的東西都會下意識地想起女孩，而且家裡也常備著荔枝味的糖果。

但故事的最後，他們還是沒有在一起，男孩也慢慢戒掉了吃糖的習慣。

故事看完，朋友問我有何感想。我說我看到的不是感動，是心酸，是唏噓。

曾經那麼用力地喜歡過你，後來每每想起，都會心酸不已。

朋友說，如果最後男孩還是忘不了女孩怎麼辦？我說不會的，時間久了，就會慢慢忘記的。時間是良藥，再深的傷口也有癒合結痂的一天。況且，一輩子那麼長，他也不會只喜歡她一個人。

02

我很久沒有聯繫他了。最後一次見面是在半年前。

那天晚上，他約我出去吃飯。認識了幾年，那是他第一次主動約我。飯桌上，所有的菜都是我喜歡吃的，都是他點的。

「如果沒記錯的話，這些菜應該都是妳平時常吃的。」把盛好的飯和湯都放到我眼前，他還為我夾菜，還把我不愛吃的蔥花挑出去。

那頓飯，我吃得很忐忑。他突然間對我這麼好，讓我一時難以適應。

飯後，他問我想不想去看電影。我說算了，有什麼事你就說吧。平時怎麼都約不到的人，現在居然會主動來找我，而且一路上都欲言又止的。

「有什麼事你就說吧，我已經做好心理準備了。」

他猶豫了許久，才說：「我們不合適，就這樣吧。」

看著他皺得老深的額頭，我只說了一句：「好的，我知道了。」

如果讓你為難，你別皺眉，我走便是。

03

剛分開的那段時間，我每晚都在公司加班。

每晚加班到凌晨，回到家倒頭就睡。週末的時候就強拉著朋友出去吃喝玩樂。我跟自己說只要忙起來我就不會想他了，只要忙起來一切都會過去的。

我努力克制著自己，不讓自己有一絲絲空閒的時間去想他，或者想起那些曾經我們很要好的畫面。

我不再像從前那樣整夜整夜地翻看他SNS的個人帳號，也不再向朋友打聽任何與他相關的事情，甚至不再主動跟他說早晚安。

我不找他，他絕不會主動聯繫我，這是我們之間難得的默契。

04

一次偶然的機會，在街上遇見他。

他身邊的女生依偎在他肩膀上，及腰長髮垂在他手臂上，他滿臉寵溺地表情看著她，眼睛裡是我從未見過的溫柔。

我沒有上前跟他們打招呼，只是隔著人群遠遠地向他點點頭，然後轉身離去。

回去後，我把頭髮剪了。留了幾年的長髮，為他而留的長髮，在剪刀十幾分鐘的唭嚓下無聲落地。

彼時我才恍然大悟，原來不是我活成了他喜歡的樣子就能得到他的喜歡。他喜歡長髮，但長髮的女生那麼多，除了我，還會有別人。

一如電影裡說的那樣：今天他喜歡鳳梨，但明天後天，他可能會喜歡別的。

05

朋友問我是不是還想著他。

我說：「沒有啊，早就忘了。」

她不相信：「妳口口聲聲說忘了忘了，但時間都過去這麼久了，妳還是沒有走出來。別人追求妳，妳不接受。遇到自己喜歡的，妳自動往後退。」

因為他們身上都沒有他的影子啊。看著她一副恨鐵不成鋼的樣子，我沒敢把話說出來。

他們是很好，但都不是他。我也很好，唯獨做不到讓他也像我

喜歡他那樣喜歡我。

　　我不得不承認我現在依然放不下他，但我始終相信時間久了，我會放下的，會忘記的。

　　給時間一點時間，也給自己一點時間。時間長了，說不定連他長什麼模樣我都會全然忘卻。

　　再說了，一輩子那麼長，我才不會只喜歡他一個人呢。

我以為我會記住你很久

想不到，事隔經年，你我還能如此心平氣和地坐在一起喝茶聊天，
像什麼事都沒發生過一樣。

01

　　凌晨兩點多，你打電話給我。

　　鈴聲響了很久我才醒。迷糊中看著螢幕上的電話號碼，沒有備
註，沒有姓名，數字是陌生的。

　　正猶豫著要不要接，SNS的提示音響起。點進去一看，是好友
申請的訊息。陌生的頭像，陌生的暱稱，傳來的訊息裡只有一句
話：是我啊。

　　你是誰？怎麼會有我的帳號？你是同一個人嗎？先打了電話給

我，接著又傳來了好友申請？

SNS上，我沒有按下接受鍵，但手機上，我按下了接聽鍵。這麼晚了還找我，或許是有什麼要緊的事，而且還打了好幾次。我這樣想著。

「喂？睡了嗎？」聽到你呼了一口長氣，好像是在說，呼，妳終於接了。

來不及摀著床頭櫃上的檯燈，漆黑的房間裡，你的聲音在我心頭炸開了花。手機險些從手中滑落，我一下子跌坐在地板上。

後來想想，當時真沒出息。都過去那麼久了，還是對你的一切都那麼熟悉又敏感。一聽到你的聲音，心跳便極速跳動。

「是我啊。」你說。

我還是沒有回答你。摀住嘴巴，任憑淚水在黑暗中無聲砸落。我知道是你啊，可是這麼晚了你還找我幹什麼呢？不是說好永遠都不要再聯繫的嗎？

我都快徹底忘記你了，但是你怎麼又回來了？

02

「明天就是最後一天了，能出來見個面嗎？」

什麼最後一天？你在說什麼？我被你搞糊塗了。「什麼意思？」我問你。

「今年的最後一天啊。」你好像笑了，我聽見了。「妳還是和以前一樣，還是那麼迷糊。」你好像忘了之前的緊張，開始調侃起我來。

和以前一樣？我嗎？「不，你錯了，我早就不是以前的我了。」當初那個我，已經回不去了。

「不說這個了，明天能出來見個面嗎？我去妳公司接妳。」

「嗯，可以。」

「那，我們明天見。」

「好。」

掛斷電話後，我去廚房拿了一瓶酒。回到臥室，坐在窗臺邊，聽著窗外的風，一口一口將酒飲盡。

如果酒精能麻痺一個人的神經，那麼在這個不眠夜，就讓我一醉方休，痛痛快快地醉一次吧。醉了就不用想那麼多，醉了就可以徹底把你忘掉，醉了就能回到從前了。

03

我們是在高二的第一學期認識的。

那時候，你在自然組，我在社會組。兩個班的教室剛好挨在一起，而且我們還擁有共同的國文老師。

那是一個很平常的下午，老師正在上課，國文課。「今天，我想和大家說一件事。」講臺上，年輕的女老師笑臉盈盈。

在長達半小時的講話中，我得知了一個消息：在接下來的一學期中，老師會把兩個班的同學的作業還有平時的考卷交換批改。也就是說以後很長的一段時間裡，自然組一班和社會組一班，這兩個班的同學會有很多交流學習的機會。

大家都舉手贊同老師的想法。因為眾所周知，在自然組一班，那些男同學不僅學習成績優異，而且一個個都還長得很帥，很酷。

尤其是那個每次考試都名列前茅的男生，也就是你。我們班的女生常常提起你，說什麼你是難得一遇的男神資優生。

起初我還沒怎麼留意，直到後來和你有了親密接觸後才發現，觀眾的眼睛都是雪亮的，尤其是女生看到男生時的眼睛。

第一次與你有交集，是期中的時候。期中考，你排在自然組的第一名，我排在社會組的榜首。身為兩班的代表，我和你站在司令臺上領獎。

臺上的燈光斜打在你臉上，站在你身邊，我轉頭便看見你臉上細小的茸毛。高出我一個頭的你，幫我接過校長手中遞過來的獎狀，朝我笑了一下。

那一笑，彷彿夜空中的星星，還是最亮的那一顆，照亮了我周邊的黑暗。

然而，這一次短暫的交集並沒有讓你記住我。我也只是忙碌之餘的偶然間才會在記憶深處將你撈起。

真正和你說到話，留下聯繫方式，是在第二學期。

04

那一次，像往常一樣，我們兩個班交換作業批改。

巧的是，老師發到我手中的是你的作業本。「蒹葭蒼蒼，白露為霜。所謂伊人，在水一方。」你寫錯了「蒼」字，寫成了帶三點

水的「滄」。

我用紅筆圈出來，還把正確的字寫在旁邊。儘管我寫得認真，一筆一畫。但和你的字相比，我的真是不怎麼樣。

那天放學後，你在教室門口等我。「我們一起走吧。」你揚揚手中的作業本，對著我笑。

平日裡聽到她們談論的有關於你的冷漠，在你身上其實並不存在。「只有走近一個人，真正了解一個人，才知道對方是否真的冷漠。」這是你後來和我說的。

從學校回家的路，十五分鐘就能走完。但那天晚上，我們走了半小時。一路上，我們都沒有講話，我們只是並肩走了一段路。

「如果不介意的話，我們加個好友吧。」快到我家時，你突然走到我跟前，問我聯繫方式。

那是有SNS帳號以來，我第一次把帳號告訴別人。班上的同學問我，我都說沒有。可是很奇怪，你問我的時候，我心裡竟然有些許小雀躍。

在那之後一直到高中畢業，我們每天都在網路上聊天。為數不多的好友列表裡，你是唯一一個被特殊分組的人，也是唯一一個看得到我發文的人。

我發了不少文字，還有照片，但按讚留言的人，從來都只有你。其實我也是故意發給你看的，想讓你知道我的生活狀態。

我不記得你當初是怎麼和我告白的了。隱約中你說了我在SNS上用來當簽名檔的那句話：擇一城終老，遇一人白首。

我說出我願意的時候，你在操場上抱著我轉了三圈。

那時的你是最好的你，那時的我也是最好的我。只是很可惜，最好的你我卻沒能一起相伴走到最後。

05

你把見面的地點約在學校對面的簡餐店。

那家簡餐店，我們上大學時經常光顧。每次趕作業，考試要複習，或者有什麼慶祝活動，都會在那裡。

出門前，我在衣櫃裡挑了好久的衣服。挑來挑去都不滿意，最終還是選了你送給我的那條酒紅色及膝長裙。

我好久沒有這麼隆重地打扮過自己了。平時出門，都是白襯衫加牛仔褲，怎麼舒服怎麼穿。但這一次，從早上起床到中午，我都在考慮要穿哪件衣服去見你，要化怎樣的妝才合適。

以前你說喜歡我綁起頭髮的樣子。所以即使知道現在是冬天，外面很冷，但我還是在盒子裡找了個髮圈把頭髮紮了起來。

走在馬路上，一陣陣寒風吹得我發抖。很想把頭髮放下來，但想想，還是忍住了。

見到我，你很驚訝。一下從椅子上站起來，還把桌子上的水杯碰倒了。其實我比你更緊張。接完你的電話，我差不多快天亮了才睡著的。

簡餐店的環境很安靜，現在是白天，客人不多。一路上懸著的心隨著淡淡的茶香和悠揚的鋼琴曲慢慢落下來。都好幾年過去了，我以為簡餐店早已改建，換成其他賣早餐的店家了。

沒想到，它還在。也想不到，事隔經年，你我還能如此心平氣和地坐在一起喝茶聊天，像什麼事都沒發生過一樣。

「我後來回學校教書了。」茶喝到一半，你向服務生招手，點餐。

我指指簡餐店對面的學校，問你：「教書？我們學校？」

你點頭，笑笑。「今年是第三年了。」

把菜單遞過來，你看著我。

胡亂點了一份菜，我的思緒全被你攪亂了。我以為你跟她去她那兒了，沒想到你回來了，還在我們曾經一起讀書的大學裡任教。

原來你沒走遠啊，可是怎麼這些年一次都沒遇見你呢？明明我們都在同一個地方啊，而且我住的地方離學校也不遠。

有時想想，覺得世界真大，明明那麼相近的兩個人，卻無論如何都沒能在街頭街尾碰上一面。

「你和她⋯⋯」嚼著嘴裡的肉，我問你。憋了那麼久，終於還是問出來了。

「分開一年多了。」你還笑著往我碗裡夾菜。

「不好意思，我，我⋯⋯」

「沒關係，過去了。」在你眼神裡，我看到了無可奈何與無能為力。

原來，得知你過得不幸福，我並沒有像當初所想像得那般快樂，反而會為此心疼。

06

這頓飯，我們吃得很沉默。

席間幾乎無話可談，連空氣都變得尷尬起來。「今晚準備怎麼過？」走出清吧，你送我去坐車。

「哪都不去，就在家看看書，聽聽歌，然後睡覺。」我已經好多年沒有出去和朋友一起跨年了，自從和你分開後。

「能不能放下過去，不計前嫌，做回朋友？」上車前，你突然拉住我。

我搖頭，把手從你手中抽出，「任何人都可以，但你不行。」

你問為什麼？我說沒有為什麼，就是不行。任何人都行，但你不行。

我的朋友不多，但也不缺你這一個。

07

回家後，你的訊息隨後而至：我能理解，但還是要謝謝妳。謝謝妳，曾經出現在我的生命裡，陪我一起走了很長的一段路。

「真慶幸遇見了妳，可也遺憾只是遇見了妳。」你說了很多。最後一句是：新年快樂，我曾經真心喜歡過的女孩。

我沒有回覆，刪掉訊息，還有你的號碼。見你一面，已算作是對過去告別了。你的祝福我收到了，也祝你新年快樂。

我以為我們互相糾纏很久，可事實卻告訴我，連你笑得最好看的樣子，我都忘得差不多了。

之

五

#愛一個人，可以多溫柔

「如果妳當初沒有去找我，我會來找妳的。」說完，他緊緊固住我，在我頭頂落下一吻。

「有生之年遇見你，也花光了我所有的運氣。」寒風掠過，我聽到了他的呢喃。

踮起腳尖，傾聽著他的心跳聲，滾燙的淚水無聲滑落。

今晚的月色很美。

此刻，我很幸福。

愛一個人，可以多溫柔

其實我哪懂什麼是溫柔啊，只不過想把最好的都給你罷了。

01

印象中，二哥是個脾氣不怎麼好的人。算不上暴躁，但也談不上很溫和。

小時候，我很怕他。因為我們經常打架，我總打不贏他。在我的認知裡，二哥不僅沉默寡言，而且有些淡漠。對很多事情，他都不怎麼在乎和關心。

原以為他生性如此。但長大後，我發覺他比以前懂事了不少。也許是因為經歷了一些事情，他變得更成熟，更穩重了。

尤其是春節的這幾天。

大年初一那天早上，大概是七點左右吧，剛醒來就在SNS上看到了他的高調示愛。摩挲著惺忪睡眼，來回確認了好幾遍才敢相信真的是他發的動態。

一張新年紅包的截圖，他配的文字是：Love You。

以往每次回家過年，他都是見不著人影的，一回到家就出去外面和朋友玩了，飯都很少在家吃。

但今年不一樣。初一那天，他很罕見地一整天都在家裡，沒有出去。而且下午我逛街回家後還看到他躺在床上和女朋友視訊聊天。

他當時說話的語氣，是我平時少見的溫柔。我媽媽早上問他是不是交了女朋友？他也如實回答，說是有女朋友了，還主動告訴我媽媽對方是哪裡人，做什麼工作。

記得以前回家過年，家人問及這個問題，他都是避而不答。但這一次，言語之間，盡顯寵溺與溫柔。

在看到他和女朋友視訊聊天的時候，我突然間覺得哥哥很Man，也很溫柔。想想以前，再看看現在，他真的改變了不止一點點。

現在的他，比之前更關心家裡的事了。對於爸媽，他的關愛也明顯比前些年多了許多。還有對我，他現在也常常打電話給我，關心我的生活和讀書狀況。

02

說到這個，就不得不說說我爺爺和奶奶。

在我們附近這一帶，大家都知道爺爺疼奶奶是出了名的。結婚幾十年，爺爺一如既往地愛護著奶奶。自我有記憶起，爺爺就沒有對奶奶大聲說過話，永遠都是一副「我沒關係，妳開心最重要」的表情與態度。

小時候和他們住在同個院落。天冷的時候，每天早上都是爺爺起床煮飯。煮好飯，爺爺才去叫奶奶起床。飯桌上的飯菜，一粒米，一把菜，一塊肉，都是爺爺去買回來的。

無論嚴寒還是酷暑，風雨無阻，幾十年如一日。

我小時候很喜歡聽爺爺奶奶講述他們老一輩以前發生過的事情。比如，說去哪裡打仗，或者跟哪個小夥伴去田裡偷挖地瓜，又或是以前那個貧苦年代，他們的生活有多苦等等這些事情。

「那您怎麼還對奶奶這麼好呢？」聽奶奶講，在成親前，她和爺爺沒有見過面，是經媒婆介紹才認識的。

「因為爺爺家當初很窮，但奶奶並不嫌棄，而且還為我生兒育女。」爺爺最窮的時候也就只有她在。每每聊起這個話題，爺爺溝壑縱橫的老臉上總是蕩開了花。

我問奶奶：「為什麼爺爺不嫌棄妳呢？」

因為爺爺是老師，而奶奶目不識丁。更重要的是，爺爺又高又帥，奶奶雖不醜，但卻很矮。放在我們現在這個時代，無論是顏值還是才華，奶奶與爺爺都不是門當戶對的。

「結婚前他都沒見過我，我也沒見過他，誰都不認識誰，怎麼嫌棄？結婚後，想嫌棄都來不及。」奶奶說完，咯咯大笑。

爺爺坐在旁邊，看著奶奶笑，他也跟著笑。院子裡，屋簷下，

木椅旁，兩個白髮蒼蒼、相惜相愛了大半輩子的老人一個在笑，另一個看著她笑。

我能想到最浪漫的事，就是和你一起慢慢變老。

03

在爺爺有限的生命裡，最大的幸福莫過於身側始終有一個深愛了幾十年的老伴。

在沒有孩子前，她為他洗衣做飯，操持家務。生活再苦，都有她陪著他一起。兒女成家後，遠離了他們。空蕩蕩的院子裡，仍舊有她在。她頻繁的嘮叨，偶爾的健忘，都是愛他的最好證明。

生活一貧如洗時，我們互相扶持，彼此依偎；繁華落幕後，我們依然恩愛如初，不改當年。

縱然萬劫不復，縱然相思入骨，我也依舊待你眉眼如初，歲月如故。

記得爺爺離開的時候，奶奶聲淚俱下。顫抖著枯瘦的身子，她呼喚著爺爺的乳名，一遍又一遍。

爺爺走後至今，她仍舊不肯離開老家。不管我們如何哄勸，她都不肯走。

「我要留在家等他，我要守著他。」她說如果她離開了，爺爺回家看不見為他亮著的燈盞，他會迷路，會生氣的。

爺爺走後的這些年，奶奶極少在我們面前回憶起以前的人與事，包括爺爺。但每次看到她坐在門口眺望著遠方的孤單背影，我

便知道：奶奶她，又在想爺爺了。

04

愛一個人，可以溫柔到何種程度？

錢鐘書對楊絳說：「遇見你之前，從未想過結婚。結婚之後，從未後悔娶你，也沒想過要娶別人。」

〈傲寒〉的歌詞裡說道：「忘掉名字吧，我給你一個家。如果全世界都對你惡語相加，那我就對你說上一世情話。」

王小波說：「如果你喜歡別人，我會哭，但還是會很喜歡你。」

以前在網路上看到這個話題，一個網友曾留言：有一次和她講電話，她很睏了，要睡覺。我捨不得，說妳別掛，等妳睡著了我再掛。後來她睡著了，我開靜音玩遊戲玩了一個通宵。耳朵裡不是遊戲裡的背景音樂，而是她輕微的呼吸聲和翻轉身子時和被子摩擦的聲音。

還有一個網友說她在網咖認識一個大叔。大叔和喜歡了很多年的女朋友分手了，但分開後的這些年，他在遊戲裡的ID還是女朋友當初幫他註冊的那個，角色也一直用到現在，沒換。

其實我哪懂什麼是溫柔啊，只不過想把最好的都給你罷了。

05

我想在清晨的第一縷陽光透過窗簾灑進臥室時，可以看到與我

226

睡在同一張床上睡顏恬靜的你。

　　我想在浴室裡為你擠好牙膏；用情侶款的漱口杯為你裝滿水；我想在廚房裡為你熬好小米粥或者為你磨好豆漿；我想在你起床洗漱時偷偷鑽到你身後，緊緊抱住你，把臉貼在你的後背，輕嗅著你身上特有的清香。

　　當你拖著疲憊的身子回到家時，我想為你端上一碗熱湯，為你盛好一碗米飯，為你留一盞燈。

　　人生的每一件小事大事，我都想與你一起完成。就像那首詩裡說的一樣：

　　我走吧，忐忑給你，情書給你。
　　不眠的夜給你，快來的三月的清晨給你。
　　雪糕的第一口給你，海底撈的最後一顆魚丸給你。
　　手給你，懷抱給你，車票給你，跋涉給你。
　　等待給你，鑰匙給你，家給你。
　　一腔孤勇和餘生六十年，全都給你。
　　連同我的搖曳和負擔，都全部交付予你。

　　跟我走吧，我想用餘生為你暖一盞茶，晚風微揚時勿忘回家。
　　這大概就是我能想到的給你的最好溫柔了。

承蒙你出現，讓我喜歡了好多年

糖醋排骨的酸甜味，自廚房飄出，縈繞在鼻尖，牽動著味蕾。
霎時間，我想起一句話：是誰來自山川湖海，卻囿於晝夜，廚房與愛。

01

　　敲下這個題目，我把手機遞到蘇祁眼前，示意他看這句話。

　　他放下手中的書，走近沙發，在我腦袋上胡亂摸了我頭髮。「嗯，還不錯。」他說。

　　我氣急，扔下手機，從沙發上蹦起來，然後跳到他背上，殺他個措手不及。

　　哼！誰叫你敷衍我！

　　他趕忙用手托著我，擔心我會掉。「來來來，我們商量一件

事。」轉身把我放回沙發上，他自己也坐下。

「嗯？」我眨著眼睛，試圖以「撒嬌賣萌」逃過此劫。

要知道，蘇祁這個人，通常都很和氣，很溫柔的。但如果某一時刻，他表現得比以往還要溫柔，那就是有大事要發生了。

就比如現在。

他就坐在我眼前，觸手可及的地方，但我總覺得他離我好遠。明明他臉上還是一如既往的寵溺，眼眸也如往昔那般深情。

可不知為何，空氣突然安靜，氣溫冷卻到幾近零點。而近在咫尺的蘇祁，讓我很心虛。

對，就是心虛。總覺得好像我做了什麼對不起他的事似的。

可是我想啊想，想了再想，努力想，認真想，結果都一樣：我想不起來自己什麼地方得罪了這老古董。

是的，沒錯，蘇祁就是老男人，老古董一枚。無庸置疑！

為何這麼說呢？

試問，有幾個現代人還排斥並且拒用各種社交軟體的？

不僅如此，他還自己一個人生活在那種類似於深山老林的偏遠地區。若不是我把他揪出來，薰陶薰陶這人世間的煙火味，這尊大神說不定現在都快升仙了！

這傢伙倒好，非但不領情，還怪我擾了他的清淨！

要不是稀罕你，你以為老娘是吃飽了撐的嗎？木頭腦袋一個！

「妳怎麼又發呆！」他的聲音，把我拉回到現實中來。

「想不起來哪裡做錯了？」他繼續問。

我不予理會，埋頭裝傻到底。不就是光著腳丫在地板上走動

嗎？有必要這麼生氣嗎？哼！

　　果然，這傢伙很無奈，用一種大人對小孩子說話的語氣，苦口婆心地跟我說：「和妳講過多少次了？地板髒，又滑，萬一摔倒了怎麼辦？」

　　他把我圈在懷裡，手有一下沒一下地玩弄我頭髮。怎麼形容這種感覺呢？就像是犯了錯的小朋友，在得到大人教誨的同時，又得到了糖。

　　嗯，恩威並施。

　　「樹先生，你這是在作弊！」我搔他癢，控訴他。

　　「沒辦法，家有猛虎。」他拍了一下我頭頂，然後，從沙發上起身，走進書房。

　　虎？家裡哪來的虎？還是猛虎？我一時間腦子短路了，反應不過來。

　　當一陣不加修飾的爆笑聲從書房飄過客廳，傳到我耳中時，我才猛然意識到：這傢伙是在說我！

　　一個起身，一個飛奔，「嗖」的一聲，我一口氣從客廳奔到了書房。

　　他居然還在笑！

　　跑到他背後，摟住他脖子，左一下，右一下，來回晃他。「你還笑！你還笑！」

　　「乖，別鬧。」他把我拉到椅子上，和他一起坐。

　　我們頭頂著頭，四目相對。頃刻間，心跳在加速，連空氣都彷彿要靜止了。

天際的最後一抹殘陽，窗外滿地飄零的落葉，書房，還有眼前的樹先生。

此情此景，我將一生銘記。

02

「樹先生，我喜歡你。很喜歡很喜歡。」

有人說過我很勇敢，我也自覺自己向來不缺少追愛的勇氣。眼前的這個人，就是我想放在心尖上珍藏的。

喜歡都快從眼睛裡溢出來了，為什麼還要掩飾呢？

打破僵局的是我，開口說喜歡的是我，但說完後又一秒低頭裝死的，也是我。

「嗯，我知道。」片刻後，他才回應我。

我沒有反問他喜不喜歡我，若是連這點信任都沒有，那我和他，此時就不會在這裡相依相偎，更不會談論和計畫以後的來日方長。

「樹先生，你都不知道，此生遇見你，已經花光了我所有的運氣和勇氣了。」把玩著他的手指，我輕聲說道。

「嗯，我也一樣。」他俯身在我耳畔，低聲呢喃。

這一句「我也一樣」，讓我覺得之前所有的付出與等待，都是值得的。

我喜歡你。

我也一樣。

我等了你很久。

我也在等。

我們都在等。等待遺忘，等待相逢相遇，相知相愛。

慶幸的是，我們都等到了。

終於等到你，還好我沒放棄。

03

說起相遇，至今我都不敢相信我和樹先生之間那堪稱奇蹟一般的初遇。

樹先生的文章被轉載到我關注已久的一個社群專頁上。在那個社群專頁上，幾乎每週都會有樹先生寫的文章。

在默默關注了兩個月後，我私訊了這個社群專頁的小編，說想認識一下這位滿紙柔情的作家。

這位小編是我朋友，所以很容易也很順利地，我就得到了這位作家的聯繫方式。

帶著小巫見大巫的激動與緊張，我即刻便加了他好友。

可是，等啊等，等了快一個月，才收到答覆。看到通知的時候，我準備了一肚子的話，想要對他說。

但結果呢，被人家一句話梗在了喉嚨裡：「不好意思啊，我不常用這些社交軟體。有時候會來不及回覆妳訊息，不過妳儘管說，我看到了就會回覆的。」

得到作家的回應，已然讓我高興得不得了。哪裡還會想到他是

否有空，是否會及時回覆我啊。

　　接下來的幾個月，果真如他所說的那般，我們的對話介面裡，彈出最多的，是藍色的對話方塊。

　　也就是說，幾乎每次，都是我在說，他在聽。

　　從日常的生活瑣事，到工作中的大事小事，我都會和他說。小到今天去了哪裡，吃了什麼；大到關乎人生的重要抉擇，都鉅細靡遺地跟他講。

　　久而久之，我對他的稱呼變了。我稱他為樹洞先生。後來得知他姓蘇，也沒改過這個叫法。

　　我把他那裡當成自己的樹洞。開心的，不開心的，都倒給他。

　　在因錯過時間而錯失最後一趟末班車時，他會告訴我，別慌，不要著急；在陌生的城市，因想家而落淚時，他分享歌給我，告訴我要寬心；在為自己的抉擇猶豫不決時，他說不管做什麼，無悔就好。

　　習慣真的是一種很可怕的東西。

　　而他的存在，他的鼓勵與勸慰，於我而言，就是一種潤物細無聲的習慣。

　　我不相信緣分，可我相信我們之間的這場相遇。張愛玲曾說：「總有一天，我們會遇見那麼一個人。於千萬人之中，於時間的無涯的荒野中，沒有早一步，也沒有晚一步。」

　　就那樣，剛好遇見了。

04

「樹先生，如果我當初沒有那麼勇敢，沒有跋山涉水去見你。是否，我們之間就不會有那麼多故事發生了？」

坐在陽臺的搖椅裡，把他手中的書抽走，我對著他眼睛，問他。

「嗯，或許。」他從我手中拿走書，繼續翻看。

還在看！還在看！看不出來我在生氣嗎？我把手伸進他脖子處，惡作劇般鬧他。

他終於捨得放下書了，但卻說了一句不相關的話：「餓不餓？想吃麵？還是飯？」

我氣結，不想和他說話。丟下他，憤憤然轉身跑回臥室。

奈何剛回到臥室，不爭氣的肚子就咕嚕咕嚕叫了。啊！連你這個小東西都聯合他來欺負我！

無奈，只好厚著臉皮走出客廳。

不遠處的廚房裡，樹先生正在忙碌著。他身上，繫著與其不搭的Hello Kitty圍裙；右手握著鏟子，不時在翻動鍋裡的菜。

一會兒的工夫，糖醋排骨的酸甜味，自廚房飄出，縈繞在鼻尖，牽動著味蕾，勾引著叫喚抗議的肚子。

霎時間，我腦子裡想起一句話：是誰來自山川湖海，卻囿於晝夜，廚房與愛。

05

　　躡手躡腳走進廚房，悄悄躲在他身後，從背後緊緊抱著他，把臉貼在他背上，感受著他身上的氣息。

　　這就是我窮極一生，想要珍愛的人啊！

　　餐桌前，他就那樣靜靜坐著，看著我把最後一塊排骨塞進嘴裡，然後把湯盛在碗裡，擱在我手邊。眉目間，溫柔與寵溺滿布。

　　飯後，我們在陽臺上聊天。

　　說起當初千里迢迢去見他。他誇我勇敢，說很佩服我。

　　「這樣的勇氣，大概此生，也就僅此一次了。」拉緊披在身上的，他的外套，輕嗅著獨屬於他的氣味，我由衷說道。

　　真的，如若遇見的人不是他。又或是沒有對他產生感情，或者說喜歡的沒那麼深，我是不會去見他的。

　　勇敢一回，只為一人，夠了。

06

　　「妳今天不是問了我一個問題嗎？」

　　攬著我肩膀，把我的手放在他的掌心，他問道。

　　夏末秋初的季節，這座城市已經寒意襲人了。但此刻，我一點都不覺得冷。因為他的掌心的暖，他的懷抱很暖，他的外套也很暖。

　　「如果妳當初沒有去找我，我會來找妳的。」說完，他緊緊固住

我，在我頭頂落下一吻。

「有生之年遇見妳，也花光了我所有的運氣。」寒風掠過，我聽到了他的呢喃。

踮起腳尖，傾聽著他的心跳聲，滾燙的淚水無聲滑落。

今晚的月色很美。

此刻，我很幸福。

07

「樹先生，有生之年遇見你，竟花光了我所有的運氣。」

「傻丫頭，承蒙妳出現，讓我喜歡了好多年。」

終於等到你，還好我沒放棄

她說不管身邊的人再怎麼樣，都不要放棄對愛的希望。
只有相信愛，才能得到它的青睞。

01

　　昨天，我重新下載了移除一年多的SNS APP。

　　消失了一年多，原先就為數不多的追蹤人數如今更是少得可憐。留下來的都是那幾個怎麼也趕不走的損友。

　　看了一眼去年離開時發的最後一則動態：如若有緣，江湖再見。

　　彤彤在下面留言：江湖那麼大，我要到哪裡才能找到妳？

　　時隔一年，再次看到她的留言，我笑了笑，心裡對她說不用找，現在我已經回來了。

一個個去她們的個人頁面翻了翻，看看她們近一年來的狀況。看到搞笑的就按個讚，看到不怎麼美好的，就留下腳印符號，悄悄告訴她們：我來過。

　　關掉APP前，還是忍不住發了一句話：我回來了。

　　離開了一年，我終於還是回來了。

　　追蹤我SNS的人不多，但自從發了那則動態，手機的提示音就一直沒停過。我關掉手機，躺在床上，心裡想著一件事：不知道他會不會看到這句話？不知道我離開的這一年，他還會不會像以前一樣來看看我，來留言給我？

　　一年不見了，你過得可還好？

　　離開前你問我的問題，我現在已經有答案了。你可還願意聽？

　　在床上翻來覆去睡不著，望著頭頂上的天花板，記憶一下子飄回了當初與他相識的場景。

　　一年前，我和他在SNS上相遇。

　　他是彤彤介紹給我的一個兩性話題KOL，坐擁幾十萬粉絲。

　　剛追蹤他的時候，我只是單純為他發的每則動態按讚而已，並沒有留言，偶爾看到自己喜歡的句子，還是會轉分享，但也僅限於分享。

　　僅此而已。

　　或許是喝了他太多的情感雞湯，病毒早已一步步深入骨髓，所以在默默關注了他兩個月之後，我鬼使神差地翻遍了他的一千多則動態，還在每一則動態下留言。

　　更讓我意想不到的是，他竟然一一回覆了我的留言！還在第二

天追蹤了我！

被一個知名的KOL關注，我當時的心情激動到難以言表。用形形的話來說就是得知他關注我的時候，我嘴巴張得可以塞下一顆雞蛋。

他的追蹤於我而言已然算是很令人驚訝的了，更沒想到的是，他還傳了私訊給我：妳好，很高興認識妳。

他的一次主動，瞬間打開了我的話匣子。我問了他很多問題，他都很耐心的一一回答我。

「哈哈，一下子把自己多話的本性暴露出來了。我一下子問了這麼多問題，會不會覺得很煩？」

意識到自己一口氣問了他N多問題，真想一巴掌拍死自己。說好的矜持、端莊、嚴肅……都餵狗去了！

「不會啊，覺得你滿可愛的。」

「形形！形形！快！他竟然說我很可愛耶！哈哈哈……」

看到他的回應，我立刻截圖傳給形形。這丫頭平日裡各種損我。今天就讓她見識見識，本姑娘還是很可愛的！

形形很快傳來訊息：「矮油，不錯嘛！這麼快就勾搭上了？」

「這叫搭起友誼的橋樑，不叫勾搭！」

「好好好，我不懂。你快去找你的偶像！」

結束完和形形的對話，回頭再去找偶像的時候，發現他已經下線了！

嗯，看來偶像確實很忙。

閒著無聊，我把他追蹤的那幾十個人，也都點了追蹤，再傳了

訊息給他，問他在哪裡，說不定就和我在同一座城市呢！

做完一切，才安心退出APP，靜候他的消息。

我們素未謀面，連萍水相逢都算不上。但僅憑一次簡單的聊天，我卻清楚地知道，自己對他動了心。

02

由於工作原因，當我再次打開APP，已經是一個月之後了。

未讀的新訊息裡，除了彤彤的私訊，還有他的。他說：「妳好久沒來了，最近還好嗎？」

「最近工作太忙了，一時間忘了上來看看。我很好，就是忙了點。你呢？」

回覆他之後，又去他的頁面逛了逛，卻發現他這一個月都沒有更新動態。

點開和他的對話方塊，想問問是不是也很忙，結果字還沒打完好，就收到了他的訊息：「嗯，我這一個月也很忙。連偶爾想偷懶的時間都沒有。」

原來如此！怪不得都沒有更新。

「上次妳問的問題，我看到了。現在回答你，我也住在G市。」

「真的嗎？哈哈哈，好巧哦，我也是耶！」

「嗯，我知道。所以？」

「嗯？」

「要不要見個面？」

「你這麼直接，真的好嗎？」

「不想？」他還在問。

「想啊！做夢都想見到你啊！」

看到自己發出去的話，想要收回已經來不及。啊！怎麼辦？搞得自己好像很那個似的，會不會把他嚇跑啊！

「原來我是妳的夢中情人呀？」他秒回我。

夢中情人？啊，不管了，你說了算。夢中情人就夢中情人吧，反正也沒差。

「那我們在哪見？」我問他見面的地點。

「等我訂好地方，再告訴妳。現在，妳的聯繫方式可以都告訴我了吧？」

就這樣，我們互相交換了手機號碼，還約好了見面的時間和地點。

見面之前，我們每天都會聊天。我會分享我日常生活中的點滴小事：今天去了哪裡，吃了什麼，工作上遇到哪些麻煩……

他也會和我說他遇到了哪些人和事，或者吃到了哪些好吃的。無論工作再忙，即使加班到凌晨，他都會跟我說晚安，然後在第二天早上又打電話喊我起床。

他的社群專頁，我每天都會看。在我們交換聯繫方式的那天，他發了這樣一句話：或許不久之後，你們就會有大嫂了。

這則動態，是他所有的動態中，按讚數和轉發數最多的一則。那些關注他的粉絲都在下面留言，想知道他們未來的大嫂是誰。

他說：她膽子小，會害羞。現在還不是時候，時候到了，你們

自然就會知道了。

看著他和粉絲的互動，我笑得很開心。

「看了今晚的發文了嗎？請問未來的大嫂，有何感想？」

剛退出APP，就收到了他的訊息。

「感想啊？等到時候見面了再告訴你，現在先暫時保密。」

「好，那我等著。」

那天晚上睡覺前，我也發了一則動態：期待我們見面的那一天。

那天天氣很好。天空是藍色的，空中吹拂著涼爽的微風。我坐在他提前訂好的咖啡店裡，靜候他的到來。

當他出現在咖啡店的門口時，我聽到了自己心跳加速的聲音，彷彿周圍的一切都不存在了，只有他，嘴角擒笑，向著我所在的方向緩緩走來。

之前見過他的照片，所以一眼便能認出他。

乾淨俐落的短髮；白色襯衫上衣；黑色西裝褲。嗯，一切都剛好是我喜愛的樣子。

這是我們第一次見面，從虛擬的網路世界到現實的生活。

我又一次在心裡對自己說：就是他了！

03

在咖啡店坐了一會兒後，他帶我去吃了飯，還看了電影。

在電影院裡，他牽過我的手，放在他的手掌心裡，然後緊緊握住。

電影結束後，他送我回家。一路上，他都牽著我的手，好像擔心一鬆開，我就會消失不見一樣。

我們沿著回家的路，走了很久很久。他幾次欲言又止。我知道他想說什麼。

在見面之前，他早就問我過，願不願意和他交往。

我一直沒答應。不是不願意，只是覺得我們認識的時間太短，才幾個月而已。我不否認自己對他也很喜歡，但還是覺得應該再彼此互相多了解一些，然後再做決定。

我跟他說給我一年的時間，讓我回家處理好一些事情後，再給他答案。

當然，如果他等不了，那也可以另尋他人。只要他能幸福，我也會祝福他。

那天晚上分開前，他緊緊抱著我，揉揉我的頭髮，在我耳邊輕聲跟我說：「妳放心回家去吧，無論多久，我都會等的。我會在這裡，等妳回來。」

我在他左臉落下輕輕一吻，對他說：「謝謝你，許先生，我會回來的。」

第二天早上，我坐上了回家的火車。他沒有來送行。是我不讓他來的，但我知道他肯定在我看不到的地方，在目送我離開。

回家後，我移除了SNS。彤彤問我是不是出了什麼事。為了不讓她擔心，我回她說沒有。

我在家待了一年，直到我爸媽正式辦好離婚手續後，我才再次坐上前往G市的火車。

在家的一年，他每天都會打電話給我，或者傳訊息。但我都沒怎麼回，有時會當作沒看到。爸媽失敗的婚姻，瞬間打破了我心裡對愛情所有美好的嚮往。看著曾經那麼相愛的兩個人，如今卻形同陌路，成了最熟悉的陌生人。

媽媽問我怪不怪她？她覺得自己做了不好的示範，沒能給我一個完整的家庭。對此她表示很愧疚。我對她說我不會怪她。錯不在她，所以我不怪她。只是原本對愛情與婚姻有著無限渴望與憧憬的我，此刻卻想退縮了。

我跟他說別等我了，我可能不會再去Ｇ市了。我知道自己很渾蛋，但見過身邊的人經歷過那麼多分分合合之後，我真的害怕了。

好在他的堅持和媽媽的鼓勵，讓我重新燃起了對愛情的希望。

他坐了很久的火車，來我家找我。他當著媽媽的面，說一定會好好愛護我，給我幸福。

他在我家住了兩天。那兩天裡，他就像跟屁蟲一樣，我走到哪裡，他跟到哪裡。我叫他回去，他不肯，說除非我也跟他走。

媽媽看出他是真心喜歡我，就要他先安心回去，跟他說幾天後他就會見到我了。

他聽了媽媽的話，第二天晚上就走了。我送他去車站，他抱著我不肯放手。

「妳一定要回來，好不好？我會一直等的，等妳回家。」

看著火車消失的方向，我轉過身，淚水模糊了視線。

回到家後，媽媽跟我說了很多她和爸爸的事。她說他們之間會走到今天這個地步，不能怪任何人。既然沒有愛了，那分開，或許

會是最好的結局。這樣對誰都好。只是對不起我。

她說不管身邊的人再怎麼樣，都不要放棄對愛的希望。只有相信愛，才能得到它的青睞與眷顧。

「媽媽看得出來，他是真的愛妳。去找他吧，別讓自己後悔。」

他從我家離開的第二天，媽媽也送我上了車。她要我下次回家的時候，帶著他一起回去看她。

我說好。

時隔一年，再次回到這個我生活了幾年的地方。很多東西都變了，但唯一不變的，是他對我的等待與愛。

我在SNS上發出「我回來了」這則動態後，馬上就接到了他的電話。他說：「我就知道妳會回來的。」

隨後，他在社群專頁上發了一張圖。圖上是我們第一次見面時的牽手照。他還在圖上附上了一句話：「終於等到妳，還好我沒放棄。」

我轉發了他的圖，說：「謝謝你，一直都在。」

十年——從制服到婚紗

你光芒萬丈時，我崇拜你；你跌落低谷時，我不離不棄。
因為有你在，就是最好的安排。

01

「西城西城，老師剛講的那道題目，我忘記要怎麼解了。」

「陳小西，妳腦子裡裝的是什麼啊？」

「嘿嘿，我只是暫時忘了嘛。還有，跟你說過多少次了？我不叫陳小西，我叫陳慕西。」

「哦，慕西慕西。」

「嗯嗯。那這道題目到底該怎麼解啊？」

「看好了啊。這樣，先求出x的解，再代進原題裡，就可以求出

y的值了。懂了嗎？」

「懂啦懂啦！」

「嗯，下次老師講課的時候，別再發呆了。」

「知道啦！」

這是我和顧西城剛認識的第一年。

那年，是在高一。我們的座位，被安排在教室第四排中間靠牆的位置。我坐在他旁邊。

我坐在裡面，靠著牆；他坐在外面，靠近走道。兩張深紅色的書桌，緊緊挨在一起。書桌上，我們的課本，整齊擺放著。

而我和他，我們之間的距離，也近在咫尺，觸手可及。

他是數學小老師，但英文卻極差；我是英文小老師，數學永遠是我的剋星。

所以我們便有了一個約定：那些不會的數學題，他講解給我聽；他聽不懂，記不住的英文單字，或者文法，由我來教他。

02

「陳小西，放學了，去吃飯吧。」

「顧西城，我……我英文考砸了。」

「又不是什麼大事，怎麼這麼難過？」他毫不在意。

「我不想吃了，你自己去吧。」我趴在課桌上，把頭埋在手臂上，不想理他。

「那我去囉！」他輕輕拍拍我的頭，然後轉身離開。

看著他消失在教室門口的背影，我忍不住拿起筆，想在紙上畫個圈圈詛咒他。

　　死顧西城！臭顧西城！我只是說說而已！木頭腦袋！我在紙上畫了一個豬頭，把它當成顧西城，用筆尖戳它的兩個豬鼻子。我把它取名叫顧小豬。

　　就在我準備畫第二隻顧小豬的時候，顧西城回來了。和他一起回來的，還有我最愛吃的糖醋排骨，外加一盒白飯。

　　「吶，快趁熱吃。這可是最後一份囉，幸好我手快，搶先了一步。」他把從學生餐廳外帶來的便當，放到我課桌上。

　　「真搞不明白你們女生為什麼那麼喜歡這酸酸甜甜的東西。」放下便當，他隨手拿起我手邊的紙。

　　我手疾眼快，刷一下子從他手裡把紙搶回來，然後趕緊塞進抽屜裡。

　　「妳畫了什麼東西在那上面？」他側身過來，問我。

　　「沒，沒有。哪有什麼呀，嘻嘻。」我睜著眼睛說瞎話，連忙打開便當，埋頭苦吃。

　　他轉過身去，坐在自己的座位上，沒再繼續追問。

　　我抬起頭，正巧看到他的側臉。他右手托著腮，望著窗外。

　　那時正值初冬。窗外的皚皚白雪，正飄飄灑灑自空中飛揚而下。她們很調皮，借用自己的力量，壓彎了大樹；凍住了花草；覆蓋了馬路。

　　染了滿地的白，卻很美很漂亮。

　　「陳小西，妳又在發什麼呆？」顧西城突然一個轉身，用手在

我眼前晃來晃去。

「我哪裡發呆了？」我在看你呢！

「飯吃完了？」他問。

「吃完了。」我答。

「陳小西，下學期就要選組了。妳想好要選哪個了嗎？」他正襟危坐，用很嚴肅的語氣問我。

「當然選社會組啊。」我數理化那麼爛，若是選了自然組，那不是找死嗎？

「嗯，我知道了。妳慢慢吃，我出去一下。」

他看了我一眼，然後從抽屜裡拿出圍巾，起身走出了教室。

他脖子上的圍巾是灰色的，是上個月我送給他的生日禮物。

為了織好這條圍巾，我熬了一星期的夜。記得剛把圍巾交到他手裡時，他還笑我：「陳小西，妳這週晚上都在幹嘛？眼圈黑的跟貓熊一樣。」

圍巾和他今天穿的衣服，很搭。看著他消失在門口的背影，我心裡有個小人突然冒出來，說了這麼一句話。

嗯，真的很搭，圍巾很好看，他很帥。

03

「咦？顧西城？你怎麼在這？」

「那妳又怎麼在這？」

「這是社會組，我選了社會組，當然在這了。你，你，你不會

也？」

「嗯，如妳所想的一樣。」他把課本往桌子上一放，怡然自得的落座。

整個上午，老師在臺上講了哪些內容，講解了幾個文法，我都沒記住。

我腦袋裡只有一個聲音在盤旋縈繞著：顧西城選了社會組！還和我同班！

唯有一點遺憾的是，這一次，我不再坐在他旁邊了。我坐在第一組的第三排，他坐在第四組的倒數第二排。

好在我一回頭，就能看見他。他一抬頭，也能看到我。

我們還是和高一那時候一樣，繼續履行著我們之間的約定。他繼續講解函數的方程式給我聽，我繼續教他各類助動詞的用法，以及它們在不同的句子中的不同含義。

我沒問他為何會選社會組而不是自然組，不是答案不重要，而是即使他沒有明說，但答案我心裡已知曉。

十八歲生日那天，我收到了顧西城的禮物，是一條圍巾，而且還是灰色，和我在高一送給他的禮物一樣。

不同的是，他送給我的圍巾，在尾端的流蘇上方一點的位置，繡了三個字母：CMX。

陳慕西，我名字字母的縮寫。

「這是你自己繡的？」我拿著圍巾，湊到鼻子前聞上面的味道。

「不是，我不會這個。」他回答的很坦然。

「那這是？」不是你繡的，難道是你買的？也不可能啊，買的

上面是不會有我的名字的。

「我請我媽繡的。」他拿過我手上的圍巾，在我脖子上來回繞了幾圈。「嗯，還不錯。和妳蠻搭的，看起來都傻傻的。」他把手放在我腦袋上，胡亂揉了幾下，隨後坐在座位上，開始看書。

乾淨俐落的短髮；認真帥氣的臉龐；修長白皙的手指……

這樣的顧西城，美好而溫暖。

嗯，這就是我喜歡的人。我的，顧西城。

04

在得知大學考試分數的那天，第一個打電話問我考試情況的人，是顧西城。第一個跟我報喜的人，也是顧西城。

知道他考得很好，我打心底裡為他開心。努力了這麼久，總算得到了圓滿的收穫。

當初填志願表的時候，他問我想考哪個大學？我反問他：「你呢？」

「我想去師範大學，以後想回我們學校當老師。」他眼裡閃爍著平時少有的光芒。

我知道，那是對未來的期許與嚮往。那是一種叫夢想的光芒，閃亮、耀眼。

「妳呢？陳小西。」他問我。

「這個嘛，我還沒想好。嘿嘿。」

你去哪裡，我也去哪裡。只是現在，還不是時候告訴你。

「嗯，不急，好好想清楚。」填完表格，他繼續寫複習卷。

在上交表格前，在第一志願的那一欄裡，我填了和他一樣的師範大學。

從他為了我，放棄了自然組而選擇來了社會組那時起，我就告訴自己：以後的大學四年，我都要陪他一起度過了。就像他，一直默默陪了我整個高中時光一樣。

在高中，他陪我三年；那接下來的四年，十年，抑或者更久，都由我來陪伴他吧！

05

「顧西城顧西城，我們班上有個男生給我一封信。」

「信在哪裡？我看看。」

「哈哈哈，騙你的。什麼也沒有。」

「陳小西，妳皮癢了是吧？」

「不敢不敢。皇上，請聽臣妾解釋。」

「嗯，說吧，朕聽著呢。」

「哈哈哈哈哈哈哈。」

此時，我和顧西城正在校園裡，進行著這種沒營養的對話。

從我們身邊路過的那些情侶，大多都用那種看神經病一樣的眼神看著我們倆。

這是我和顧西城之間，最平常不過的對話模式了。我總愛喊他「皇上」，他也叫我「愛妃」。

我身邊的朋友都說我宮鬥劇看多了，中毒了。而顧西城，整天和我待在一起，被我傳染了。

才不在乎她們怎麼說，怎麼看，反正我們開心快樂就好。這是顧西城跟我說的。

當年的分數，他比我多三分。但慶幸的是，我們都被師範大學錄取了。

去學校的前天晚上，顧西城打電話叫我陪他出去吃飯。飯桌上的菜有糖醋排骨、玉米湯、剁椒魚頭，都是我愛吃的。

「味道還可以嗎？夠辣嗎？」顧西城一邊幫我盛湯，一邊問我菜合不合胃口。

「嗯，很好吃。」嚼著嘴裡的菜，我一個勁地點頭。

那頓飯，我吃得很飽。但顧西城卻受了罪。所有的菜，除了玉米湯，其他的都是辣的。

然而，顧西城吃不了辣。

當他憋著被辣的通紅的臉，一直在往嘴裡灌水時。我就在心裡暗暗告訴自己：眼前的顧西城，我要用一輩子去珍惜，去愛護。

吃完飯後，他帶我去坐了摩天輪。當摩天輪上升到最高點的時候，他對著天空大喊：「陳慕西，我喜歡你！陳慕西，我，顧西城，喜歡你！」

這是他第一次喊我陳慕西。他以前總叫我陳小西。不管我怎麼說，他都是那樣叫。

那是第一次，從他口中聽到「陳慕西」這三個字。

原來，我的名字也蠻好聽的。

「陳慕西，妳願意嗎？願意給我一次照顧妳的機會嗎？」

他拉著我的手，對視著我的眼睛，問我願不願意。

我用力點頭，表示我願意。我當然願意。

他把我拉進懷裡，緊緊擁抱著我。我們就那樣，站在半空中的摩天輪裡，緊緊擁抱著。

那天晚上，天空很美。漫天的繁星都在閃閃發光。空氣中，有微風輕輕吹拂而過。

我和顧西城，就那樣擁抱著。

緊緊地，擁抱著。

06

「陳小西，妳又在發呆了？」

「亂說，我在回憶呢？」

「回憶什麼？」

「回憶我們以前的事啊。」

「時間過得真快啊！轉眼間，都過十年了。我們都從高一認識到現在了。」

在夕陽的餘暉下，我和顧西城牽手走在海邊的沙灘上。他的左手，與我的左手，十指相扣。他左手的無名指上，戴著結婚時，我為他套上的戒指。我左手的無名指上，也戴著他為我套上的戒指。

從高一到大學畢業，再到現在。我們一起陪伴彼此走過了十年。

這一路走來，我們歡笑、吵鬧，但最終都為了愛而妥協。

「顧太太，謝謝妳。謝謝妳這十年來的陪伴與關愛。也謝謝妳當初給我機會，讓我一直都可以陪在妳身邊，照顧妳，愛妳。」

顧西城把我擁入懷，把頭埋在我的頸窩處，在我耳邊輕聲呢喃。

傻瓜，應該是我謝謝你才對。謝謝你這十年來的不離不棄，謝謝你用十年的時間，陪我從制服到婚紗。

曾經看過這麼一段話：陪伴是最長情的告白。嫁給愛情最美好的樣子大概就是，你光芒萬丈時，我崇拜你；你跌落低谷時，我不離不棄。因為有你在，就是最好的安排。

親愛的顧先生，此生有你，足矣。

胖子的愛情

無論你曾經被傷得有多深，總會有一個人的出現，
讓你原諒之前生活對你所有的刁難。

01

　　我是一個胖子。名副其實的胖子。

　　從我有記憶起，胖子這個稱呼就跟了我二十多年。怎麼形容我的胖呢？用我媽的話來說就是：「我家女兒多可愛啊！小時候圓圓的一坨，肉嘟嘟的，跟個小肉球似的。」

　　長大後呢，我媽是這樣說的：「別管他們說什麼。我們胖關他們什麼事！又不吃他們家的飯！而且啊，我覺得我女兒並不胖！肉肉的，捏起來多舒服啊！」

有了我媽的祖護，我便在變胖這條路上一去不復返，回不了頭了。

平時在我們家，吃飯就不用說了，肯定是我吃得最多。那些雜七雜八的零食：巧克力啊，雪糕啊，Oreo啊，糖果啊，也全都嘩啦進了我的肚子裡。

我最胖的時候，體重達到六十八公斤。那個時候，我才高二。高二下學期體檢的時候，登記數字的老師看到我的那個表情，我這輩子都無法忘記。

她以為自己看錯電子秤上的數字了，手忙腳亂地從包裡拿出眼鏡戴上。確定自己沒看錯，她長呼一口氣，喉嚨滾動了一下，手一揮，我從電子秤上下來。接著，她開口喊：下一個！

拿著體檢表，不管身邊竊竊私語的聲音，我埋著頭走回教室。

高中三年，我沒有交到一個朋友。其實我身邊也沒幾個朋友，除了從小一起長大的玩伴。

我安靜地待在自己該待的世界裡，從來不越界。她們的世界太窄了，我又太胖，擠不進去。我擠不進她們的身邊，就像擠不掉自己身上的肥肉一樣。那種無奈而絕望的心情，只有自己能懂。

02

我常常因為自己的胖而埋怨我爸媽。

「要不是你們縱容我，一直叫我多吃點，我會長成現在這副鬼模樣嗎？」

「我都說要減肥，你們還不准！」

「你們都不知道，我因為這身肉錯過了多少機會！你們什麼都不知道！什麼都不知道……」

多少個被人嘲笑的深夜，我因為不吃飯而胃痛，也因為被嘲笑而對爸媽惡語相向。

每每這個時候，我媽都紅著眼眶安慰我：「哪裡胖了？誰說妳胖了？我去找她！」

我爸呢，總是悄悄把飯端到我房間，放在書桌上。然後每次我去學校前，又往我書包裡塞零食。

其實他們都不知道，那些塞在我書包裡的零食，我都分給室友吃了。實在忍不住想吃的時候，我就在大腿上掐自己一把，說：「吃吃吃！妳還吃！再吃就真的要完蛋了！」

大腿上的痛感連著脂肪痛到我心裡，捏一捏肚子上的肉，我又默默把巧克力塞回包包。

那是我上大學的第一年。

那個時候，我還是很胖。名副其實的胖：身高一五九，體重六十三點五。

當時我已經偷偷開始減肥了，但效果都不明顯。肚子上的肉，大腿上的肉，還有手臂上的肉，全身上下的肉，都還與我相親相愛，如影隨形，捨不得讓我孤身一人。

我真正開始減肥，並且有了顯著的效果，是在大二的第二學期。

03

　　我不是一個很有毅力的人，相反的，我屬於那種三天打魚，兩天曬網的人，所以之前的減肥計畫並沒有成功實行。

　　但在大二的第二學期，我遇到了一個人，是他讓我下定決心要去減肥的，因為我喜歡他。

　　如果沒有遇見他，或許我現在都依然無法擺脫胖子這個稱謂。而我身上的一堆肥肉，也將會永久地與我為伴，相愛相殺。

　　與他相識，是在一場校運會上。

　　校運會開始前的一週，我代表班上參加賽前訓練。我參加的是八百公尺接力賽，而且是最後一棒。這個重任，比我身上那六十幾公斤的脂肪更壓得我喘不過氣來。

　　自高中畢業後，我已經幾年沒跑過步了。我是很懶的那種人，能躺著絕不坐著。而且我媽每天都好吃好喝養著我，一點家事都不讓我做。

　　參加完為期一週的訓練，我好想跟老師說我不要去跑了，換別人吧。但一想到大家對我的期待，我又只能默默地走上了跑道。

　　我和他就是在訓練的時候認識的。他是工作人員，負責監督和鼓勵我們。

　　但訓練的那一個星期裡，我都沒怎麼和他講過話。從第一天開始跑，到最後一天結束，我都是跑在大家的後頭。

　　最後一天訓練結束時，大家都走了，操場上只有我和他兩個人。我還想再跑一圈，他好像是在登記訓練成績。

「回去休息吧，明天就比賽了。」正在我預備要跑時，身後響起他的聲音。

我轉過身，看到的是這樣的一幅畫面：偌大的操場上，他頂著夕陽的餘暉向我走來。他的影子被拉得很長。他一邊走，一邊看著我，直到自己的影子完全蓋住了我的身影。

夕陽，操場，身穿白色運動服的少年。此情此景，永生難忘。

04

「回去吧，不早了。」他走過來，拍拍我腦袋。

他比我高很多，一伸手就能拍到。我站在那裡，定住了，忘記要起步開跑。

「嗯？傻了？」淺淺的酒窩，像調皮的淘氣鬼，在他臉頰上一躲一閃。

我無法形容當時的那種心情和心境，像是被關在暗無天日的牢籠裡很久，突然一夕之間被無罪釋放的囚犯，又像是乾涸了好久的河床，突然迎來了一場甘露。

但無論像什麼，我只知道，當時的我，臉紅了，心跳也加速了，恨不得下一秒就變成一個身材苗條，容顏靜好的女孩站在他眼前，笑著告訴他我的名字。

真真實實的姓名，而不是被人從小叫到大的胖子。

「回去吧，好好準備一下，明天我替妳加油。」他翻開登記表，看了我一眼，好像在找我名字。

我也不知道怎麼了，就真的不跑了，停下來了，但也沒有走。我挪不動腳步了，彷彿身上所有的肉都跑到雙腿上去了。

　　「不想回去？」他又問。

　　我搖頭。我想走，但腿不聽使喚。沒辦法，不聽就不聽，那我就站在那裡好了。

　　「不走？那就和我說說話吧。」他自顧地躺在草地上，用紙把臉遮住。

　　「其實，我很早之前就知道妳了。」一張薄薄的紙張在他臉上被風吹得顫顫發抖，忽上忽下。

　　很奇怪，他這句話一出口，我的腿就動了。我以最快的速度跑出了操場，把他和他臉上的酒窩，遠遠拋在後面。

　　而他，也成功地檢驗了我這一週的訓練成果。

　　那一整晚，我躺在床上，翻來覆去睡不著。除了時不時叫喚的肚子，還有他的那句「其實我很早之前就認識妳了」，它們是擾我清夢的罪魁禍首。

　　一直到凌晨，我才真正熟睡。當第二天站在跑道上，看著操場上黑壓壓的人群，我有一種不好的預感：這一次，我可能要輸了。

05

　　我的第六感很強，很準。將要發生的好事，我可以提前預感到。當然，不好的事情，我的直覺也沒出過錯。

　　在歡呼聲、掌聲、尖叫聲、哨聲交會的瞬間，我從同學手中接

下了接力棒。

一定要贏！一定要贏！一定要撐到最後！一定要！成千上萬個聲音在我心裡響起。握緊手中的接力棒，我知道無論如何，我都不能倒下。

也許是因為昨天的訓練過度了，又或許是因為昨晚沒睡好。在跑到一半的時候，我有點撐不下去了，速度慢了許多，身邊的人都超過我了。

汗水順著額頭往下流，流過臉頰，流過嘴邊，砸在跑道上，聽不見聲音。在那麼幾分鐘裡，我好像與世隔絕了似的，聽不到周遭的一切動靜，眩暈的腦袋愈發沉重，眼前的視線也變得模糊起來。

「沒事吧？還撐得住嗎？」就在我以為自己要倒下時，身邊傳來一道滿懷關切的聲音。

不用扭頭我都能知道，是他。我沒有開口回應他，我口很乾，很渴。但我點了頭，表示自己還能撐得住。

他一直跟在我身邊跑，速度保持在和我同樣的快慢。我又聽見操場四周的聲音了，歡呼聲，拍掌聲，喊聲，聽得很清楚。

「不用管他們，慢慢來，不用擔心。」他的安慰夾雜在呼嘯的冷風裡，傳到我耳邊。

我終於回神了，在他的陪跑下，以不計時、不論輸贏的速度跑完了接下來的跑道。

在老師搖著頭，臉上盡是無奈又混雜著「早就知道會是這樣」的表情中，我毫不意外地拿了最後一名。

離開操場，我低著頭，握緊拳頭走回教室。一路上，身後的哨

聲和尖叫聲此起彼伏。

「怎麼?不開心了?」又是他,他又跟上來了。

我沒理他,繼續走自己的。我不想看到他,私心覺得對不起他,辜負了他的訓練和鼓勵。

「還記得我上次和妳說的嗎?其實很早之前我就認識妳了。」他跑到我前方,站住。

我繞過他,繼續走。一邊走,一邊在想什麼時候,在哪裡,見過他。

「是不是在想什麼時候見過我?」他突然拉過我的手,把拳頭掰開,然後用他的掌心將其托起。

「答案很長,我想慢慢告訴妳。妳,準備好了嗎?」他看著我,笑了。他笑起來很好看,仿若一陣風,吹散了我在操場上所有不好的經歷。

看著他的側顏,我也笑了。其實在此之前的之前,我也認識他了。

06

看著身側熟悉的睡顏,熟悉的人,我掀開被子下床。

在他額頭落下輕輕一吻,我走到窗邊拉開窗簾。又下雪了,鋪了滿地的白,銀裝素裹的。

走到鏡子前,看著曾經幻想過無數次脫胎換骨後的自己,幸福與辛酸同時湧上眼眶。

下了一夜的大雪還在繼續。這是我們婚後的第七個年頭了。以前那個臃腫肥胖的自己早已不再。以前衣服只能穿XL或XXL的自己，現在衣櫃裡的衣服都是小尺寸的。

　　我想我終究還是幸運的。因為遇見了他，遇見了我的愛情。

　　我也終於能體會到他當初和我說的那些話了：無論你曾經被傷得有多深，總會有一個人的出現，讓你原諒之前生活對你所有的刁難。

07

　　謝謝你，我的Z先生。

　　謝謝你讓我這個曾經活在自卑與痛苦裡的胖子，擁有了最想要的愛情。

　　謝謝你，走進我的世界，與我風雨同行。

　　窗外的雪停了，但天還是很冷。不過沒關係，我不怕，因為那個溫暖我的人，就在我眼前。

謝謝你，給我這二十七公分的愛情

一房，兩人，四季，三餐。
一想到餘生有你相伴，我便愛極了這個世界。

01

昨晚我跟先生說，「以前寫了那麼多別人的故事，明天就寫寫我們的吧？」

先生回我說：「可以啊，題目想好沒？」

我把手機拿給他看，指著題目的這句話告訴他：「暫時就定這個，怎麼樣？」

他點點頭，然後把我從沙發上摟到他懷裡，說：「原來我們家丫頭矮我這麼多呀！」

窩在他懷裡，我佯裝生氣，不斷搔他癢，直到他舉手投降求我放過他。

哼！小壞蛋！我還對付不了你嗎！把玩著他手掌，我內心已被幸福填滿。

有生之年遇見你，竟花光了我所有的運氣。這句話用來形容我和先生再適合不過了。但相比起這個，我更喜歡：從未想過與你相遇，滾滾紅塵茫茫人海還不算太晚。

02

初識先生那年，我二十三歲，他二十七歲。

他自稱是小叔叔，我卻總喜歡喊他「大叔」。他說自己沒那麼老，我卻總是故意嗆他：「在我看來，比我大三歲的都是大叔，而你大我四歲。」

他氣結，但又無可奈何，只是每次都敲我腦袋，說：「好好好。大叔就大叔，只要我們家丫頭喜歡。」

我當然喜歡啊，再也不會像喜歡他這樣喜歡別人了。

先生是學廣播的，聲音非常好聽。記得當初我第一次聽到他說話時，是這樣形容他的：「嗯，你的聲音第一次聽的時候會覺得很撩人，很像自己的心上人在耳畔低聲呢喃那樣。」

他哈哈大笑，然後回我：「那以後天天說給妳聽，好不好？」

不置可否地，那一刻，我聽到自己左心房處有一朵花砰一聲炸開了，少女心酥了一地。

「那我以後還想聽你唱歌，可以嗎？」人啊，就是這麼貪心。但凡得到一點點，就會奢求擁有更多。

先生沒有回答我，但往後的日子裡，他每天都用一首歌實踐著自己對我的承諾。

他唱給我聽的第一首歌是〈說散就散〉。六十秒的語音訊息，我來回反覆聽了無數次，還收藏了起來。

低沉，悅耳，磁性，這些詞語都不足以形容先生的嗓音。用他自己稍稍自戀的話來說就是：「老天爺賞飯吃。」

我們還沒在一起的時候，我和他開玩笑說：「你以後的女朋友肯定超級幸福，每天都有這麼好聽的聲音跟她說話。」

後來，我們在一起之後，先生問我：「請問我們家丫頭，有沒有覺得自己很幸福呢？」

摟著他脖子，用腦袋蹭蹭他下巴，我回：「當然幸福啊！幸福得都要冒泡了。」

一房，兩人，四季，三餐。一想到餘生有你相伴，我便愛極了這個世界。

03

我從不相信緣分，直到遇見先生才覺得緣分這東西真是妙不可言。

我是在先生的社群專頁上認識他的。聽完他的第一段音訊後，便立刻加了他好友。

第一次加他好友，我小心翼翼地傳訊息給他：先生你好，很喜歡你的聲音呢。

　　按捺著內心狂跳不已的小鹿，滿懷期待地等著他的回覆，結果他卻一整天都沒搭理我。氣不過，我馬上就刪了他。哼！不回就不回！本姑娘還不稀罕呢！不就仗著聲音好聽嘛！

　　有了第一次就有第二次。再一次加他，我把自己寫的文投稿到他的社群專頁。結果還是和第一次一樣，等了幾天他都沒回覆我訊息。一樣的，我又刪了他。就算是文章沒有被錄取，總得有個回應吧？可他倒好，我眼巴巴等了好幾天，他卻一句話都沒給我。

　　刪掉他之後的第二天，我收到了他寄來的e-mail：請留一下聯繫方式。

　　那時候根本記不得我已經刪過他兩次了，迫不及待地又加了他好友。

　　「我又回來了。」這是我第三次加他好友時和他說的第一句話。

　　他回我：「我記得妳。下次千萬別再刪我好友了啊。」他連發了好幾個委屈的表情，活脫脫一個受了氣的小媳婦模樣。

　　我搖頭一笑，說：「好。」

　　接下來就是他教我如何改稿，如何把自己的感情更加投入到文字中。

　　那天他竟沒有對我再三刪掉他這件事生氣，反而很有耐心地教了我很多東西。我們破天荒地聊了四五個小時，從中午聊到晚上，從白天聊到黑夜。

　　後來我問他為什麼對我這麼好，他說他自己也不知道。「其實

我不是很有耐心的人，然而我也不知道為什麼對妳這樣。」

當時他傳了一張截圖給我。他的信箱裡有很多稿件，但他只回覆了我的。

可能這就是冥冥之中的緣分吧，我想。

04

先生總是說我欺負他。

我冤枉啊！我怎麼可能欺負他？喜歡他都來不及呢。

「妳要我讀妳的文章，我讀了。妳要我唱歌給妳聽，我唱了。妳說想吃糖，我也買給妳了。妳還想要我怎麼做？」他委屈巴巴地控訴我，說我欺負他。

我哭笑不得，心裡卻像掉進蜜罐裡那般甜得要發膩。

如果沒記錯的話，先生唱給我聽的第二首歌是趙雷的〈成都〉。

和我在成都的街頭走一走，直到所有的燈都熄滅了也不停留。
你會挽著我的衣袖，我會把手揣進褲兜。
走到玉林路的盡頭，坐在小酒館的門口。

聽完，我說：「先生，以後等我們有機會去成都，你再唱一次給我聽好不好？」

我挽著你，你唱著歌，我們一起慢慢地從成都的街頭走到玉林路的盡頭，走到餘生的盡頭。

先生說：「好呀，妳可要抓緊我，別走丟啦。」

放心吧，先生。我一定會牢牢抓緊你的，餘生都不會撒手的。

05

我永遠忘不了第一次和先生見面時的情景。

人山人海的火車站裡，先生一身西裝站在車站的大門口等我。

見到我的第一時間，我們沒有擁抱，沒有熱淚盈眶，反而是彼此做著自我介紹。

「你好！我是ＸＸＸ。」

「你好！我是ＯＯＯ。」

「我今年二十七歲。」

「我二十三歲。」

「我身高一八七公分。」

「我身高一六〇公分。」

雖然早就了解過對方的情況，但還是難免噗嗤大笑了一番。

令人瞠目結舌的一番介紹後，先生一把把我摟進懷裡，緊緊抱著我，像是要把我揉進他身體裡似的。擁擠的月臺，他把頭頂在我髮端，俯身在我耳畔，用他那誘人的嗓音輕聲呢喃：「丫頭，妳終於來了。」

嗅著他身上特有的薄荷香氣，我也緊緊回抱著他。「先生，你會不會嫌我矮啊？」不知怎麼的，突然就問出這句話了。

「當然不會啊，這樣剛剛好呢，傻丫頭。」

「可是你太高了，我踮起腳尖都搆不著啊。」

「不用妳踮起腳尖，我會蹲下來。」

「那，餘生就請先生多多指教啦。」

「也請丫頭多多關照。」

06

　　先生牽著我走出月臺，熙攘的街道上，他一手牽著我，一手攬著我肩膀。

　　見過山，見過海，再遇見人群中的你。人潮洶湧，謝謝你始終緊握著我的手。

　　先生，謝謝你給我這二十七公分的愛情。

微文學 46

熬夜和想你，我都會戒掉

作　　　者 —— 雲晞
副 主 編 —— 朱晏瑭
封面設計 —— ivy_design
內文設計 —— 林曉涵
校　　　對 —— 朱晏瑭
行銷企劃 —— 謝儀方

第五編輯部總監 —— 梁芳春
董 事 長 —— 趙政岷
出 版 者 —— 時報文化出版企業股份有限公司
　　　　　　108019 臺北市和平西路 3 段 240 號
　　　　　　發 行 專 線 — (02)23066842
　　　　　　讀者服務專線 — 0800-231705、(02)2304-7103
　　　　　　讀者服務傳真 — (02)2304-6858
　　　　　　郵　　　　撥 — 19344724 時報文化出版公司
　　　　　　信　　　　箱 — 10899 臺北華江橋郵局第 99 信箱
時 報 悅 讀 網 —— www.readingtimes.com.tw
電 子 郵 件 信 箱 —— yoho@readingtimes.com.tw
法律顧問 —— 理律法律事務所 陳長文律師、李念祖律師
印　　　刷 —— 勁達印刷有限公司
初版一刷 —— 2021 年 6 月 18 日
初版三刷 —— 2023 年 6 月 17 日
定　　　價 —— 新臺幣 320 元
（缺頁或破損的書，請寄回更換）

時報文化出版公司成立於 1975 年，並於 1999 年股票上櫃公開發行，
於 2008 年脫離中時集團非屬旺中，以「尊重智慧與創意的文化事業」
為信念。

ISBN 978-957-13-9034-5　Printed in Taiwan

熬夜和想你,我都會戒掉/雲晞作. -- 初版. -- 臺北市：
時報文化出版企業股份有限公司, 2021.06
　面；　公分

ISBN 978-957-13-9034-5(平裝)

855　　　　　　　　　　　　　　110008041